IOLO

Quentin Leclerc
Michel Pimpant

IOLO

Connais-toi toi-même tu sais

Paris
Les Belles Lettres
2016

www.lesbelleslettres.com
Retrouvez Les Belles Lettres sur Facebook et Twitter.

95, boulevard Raspail, 75006 Paris.
ISBN : 978-2-251-44569-4

L'Iliade, Homère

Agamemnon le boss des achéens il s'est mis en mode Bowser il pécho toutes les Princesses Peach des troyens genre Chryséis vas-y raboule la meuf stp !! sauf que c'est la môme d'un prêtre cheaté qui envoie une grosse peste divine sur les bouboules des achéens du coup Achille talon le kho d'Aga il lui dit « franchement magueule rend Chryséis ou on va encore devoir bouffer du rat à Noël !! » et Aga il dit « ok mais file moi ta zouz Briséis pour qu'elle me fasse des p'tites tartes avec de la pâte brisée MDRRR !!!! en vrai c'est vla bon lol !! » et Achille il a un seum comme ass de plus pouvoir bouffer des tartes qu'il s'en bat les couilles du spoil Game of Thrones il dit à Zeus « ça serait izi que les troyens gagnent » et Zeus il dit « ok noprob lol » et BIM ah vous avez bien les glandes hein de savoir la fin !!!

Mais Zeus comme c'est un p'tit bg il envoie un faux spoil dans les rêves d'Agamemnon qui croit qu'en fait c'est lui qui va gagner c'est ça de télécharger du torrent tu crois t'es chaud du spoil en fait tu te tapes des fake non-stop alors fais gaffe sérieux mais en même temps y a Pâris le troyen qu'avait pécho Hélène de Hélène et les garçons la zouz de Ménélas donc il dit « ok les achéens on se fait un 1VS1 sur Street Fighter 4 moi je prends Monsieur Bison et vous Dan et le winner il garde la zouz » sauf que Ménélas il a un skill de malade avec Dan du coup il la lui met limite perfect en deux rounds sauf que Pâris envoie le gros cheat code APHRODITE (c'est L + R + CARRÉ + TRIANGLE + SELECT + TOURNER LA MOLETTE GAUCHE TROIS FOIS) et il est téléporté dans Troie asmeuk !!!

Là Agamemnon il est fou du cul (aussi les dieux ils ont fait leurs chauds mais bon on trace) il envoie sa team de gossbo Idoménée Ajax lessive plus blanc que blanc Nestor Burma Ulysse 31 Diomède et ils vont enchainer les trois points façon Miami Heat ils te violent le panier troyen comme des gueux du coup les dieux sont obligés de sauver tous les troyens tellement ils se font bouyave comme des CP ptdr !!!! ils enchainent les stats comme en NBA Achille 24 points Diomède 16 points Agamemnon 11 et Ménélas 8 mais 11 rebonds et 10 passes donc ça gère lol !! au bout d'un moment Hector un boss troyen veut défoncer Ajax mais c'est tellement des boss aucun des deux meurt donc ils font CHAI et les achéens construisent la muraille de Chine devant leurs bateaux.

Mais finalement ça recommence les troyens sont hyper chauds ils reprennent l'avantage avec un trois points d'Hector sur la tête d'Ulysse et les achéens sentent bien qu'ils vont se faire gicler les seufs s'ils disent pas à Achille de revenir mais il dit « nope Aga t'as voulu jouer au con maintenant tu te prends la branlée lol !!! » après y a la Dolonie où l'espion troyen Dolon se cache comme un teubé derrière un arbre il se fait pécho maltraiter et buter pendant qu'Ulysse et Diomède défonçaient les thraces qu'ont pas tracé du tout loool !!! LES BARRES PUTAIN !!! de toute façon c'est que ça « C'EST À BABORD QU'ON EST LES PLUS FORTS !!! » « NON C'EST À TRIBORD FDP !!! » et au bout d'un moment hector défonce tout chez les troyens il casse toutes les assiettes des ménagères et là tu te dis « ok c'est bon c'est gagné YOLO !!! »

MAIS NON !!! y a Poséidon qui ramène sa ganache mais en fait il sert à rien les achéens se font quand même zlataner mdrr !! du coup Héra qu'est aussi avec les achéens nique Zeus et l'endort mais bon c'est encore le même refrain c'est une chanson de Nikki Minaj la guerre de Troie c'est toujours les mêmes paroles tahu mais le gros tournant c'est quand Patrocle se fait buter y a Hector et Énée qui veulent son cadavre mais Ménélas aussi du coup c'est grosse baston mais c'est les achéens qui prennent leur kho donc ça va mais Achille est trop vénère que son poto soit crevé du coup il prend son stuff de boss et IL VA MARAVER TOUT LE MONDE WALLAH !!!!

Achille c'est Clint Eastwood il parle avec son cheval qui lui donne des soluces pour attaquer et tout c'est la fusion animal c'est bien michto alors Achille il envoie la giclée absolue même les troyens ils se suicident tellement ils ont les glandes et là GROS FIGHT ACHILLE VS HECTOR et Hector se fait démonter walou mais Hector lui dit « Pâris va te défoncer sale con !!! » et Achille il dit « ok c'est cool mais pour l'instant je t'attache à mon char et on va faire des p'tits tours pour goleri si ça te dérange pas mdr !!! » et il fait ça pendant ONZE PUTAIN DE JOURS à la fin Hector c'est plus qu'un vieux vomi mais non parce que les dieux trouvent que c'est abusé son traitement de torture donc ils le laissent bg c'est un bg mort quoi et à la fin Achille veut bien rendre le corps contre une raclette et tous les troyens chialent en mangeant leur raclette VOILÀ LOOL !!! eh ouais Zeus il a mal spoilé les troyens ils ont pas gagné du tout faut changer tes sous-titres fdp !!! c'est ThePirateBay dans l'atrium et Astérix aux jeux paralympiques c'est le basket avec des glaives et les boss à la queueleuleu TOUT LE MONDE S'ÉCLATE À LA QUEULEULEU c'est L'Iliade.

Pour aller plus loin

– Homère, *Iliade*, Texte établi et traduit par P. Mazon, avec la collaboration de P. Chantraine, P. Collart et R. Langumier, Les Belles Lettres, CUF, Paris, 1938-2012, des milliers de vers.

– De Brisay (Harcourt), *Tabasser & tataner,* Les Éditions de la Coularde, Nice, 1605, 198 p.

– Probst (Rainier), *Meine Tamtam unter Achaean,* Hemiola, Koblenz Horchheimer-Höhe, 1566, 771 p.

L'Odyssée, Homère

Franchement les keums je sais pas si vous aviez été au cinoche téma L'Iliade mais c'était un putain de film bâtard avec Jason Achille Statam et Sylvester Patrocle Stalone et franchement ça envoyait de la tatane à côté The Expandables c'est Oui-Oui aux jeux paralympiques eh bah à la Warner Bros Company ils ont sorti la suite encore plus kickass c'est L'Odyssée wala un bon gang de grosses teubs en perspective !!!

Je vous fais pas mariner la salive plus longtemps les gros l'histoire c'est Ulysse 31 il revient de la guerre de Troie il est pris en traître par cette grosse teupu de Calypso qui lui fait v'la l'baratin pour qu'il plante son gros dard dans sa fleur voluptueuse mais lui il veut trop pas pourtant c'est une bebom mais il sa zouz Pénélope Jolicœur la meuf qui fait les bds humoristiques elle l'attend à Ithaque mais sauf qu'elle se fait vilipender le cul par des dizaines de badboys tous mieux gaulés les uns que les autres y a même Bruce Willis !!!!

Le baby Télémaque il en peut plus de voir sa maratre tâter des queues sans son consentement alors il part chercher son daron dans une quête initiatique de gros touken il croise les gros tontons Nestor Burma et Ménélas qui lui disent que son père il est retenu captif façon Prison Break mais qu'il peut pas voir le plan de la sortie tatoué sur son dos gros bad putain et là gros cliffhanger de trois saisons façon Game of Thrones les gros queutars d'Ithaque ils font un piège à Télémaque haaaan !!!!

Finalement Ulysse il se taille de chez Calypso mais il lui arrive v'la les couilles lol gros poisseux il débarque chez Nausicaa une petite bombasse d'orient et son père Alcinoos il a des palmeraies de gros walouf avec des citadelles monumentales du Qatar façon Zlatan Ibahimovic et des fontaines de jouvence aux douces pucelles enfiévrées et il commence à déballer sa life genre les grosses merdes qui lui sont arrivées avec ses potos, les sirènes qui leur ont tchatché la nouille avec leurs chants de sorcière et leurs boobies siliconés et aussi les gros king kong Polyphème à qui il a pété l'unique œil lol et ses potes et Circé et les vaches à lait d'Hélios enfin vraiment un gros bordel badtrip total space cake général l'épopée absolue tu peux même pas test.

Finalement il se taille il se déguise en Charlie de Où est Charlie ? et y a que son clébard qui le reconnaît car c'est son plus fidèle bro après il retrouve son fiston c'est la grosse embrassade fraternelle et après moult précautions il voit les mamelouks qui font subir un bukkake dantesque à sa zouz c'est filmé par Brazzers et s'il réagit pas Ulysse la vidéo dans les 30 minutes elle est en ligne sur Youjizz et tous les fappeurs d'Europe occidentale vont se décharger dessus han vraiment mauvaise ambiance Ulysse il en peut plus il sort son glaive foudroyant il commence à les émasculer tous un par un ensuite il mange leurs sexes !!!! finalement tout finit bien Pénélope il la kène bien comme une chienne sur leur lit nuptial et Athéna elle dit aux Troyens qui veulent venir mettre la fessée : « non les gros maintenant c'est la paix !!!! » putain c'est la quête de soi l'amour brûlant de la fidélité et la volonté des dieux frustrés c'est L'Odyssée.

Pour aller plus loin

– Homère, *L'Odyssée,* Texte établi et traduit par V. Bérard, Les Belles Lettres, CUF, Paris, 1924-2012, des milliers de vers, mais avec des doublons.

– Labrecque (Christabel), *Partir un jour sans retour,* Discole, Bastia, 1631, 1012 p.

– Moran (Keira), *Meet the lone adventurer : a journey,* Platypus Books, Eastcott, 1747, 694 p.

– Traugott (Mandy), *Die kleine Meerjungfrau hat einen großen Schwanz,* Kokonuß Verlag, Berlin Zehlendorf, 1211, 1049 p.

Théogonie & Les Travaux et les Jours, Hésiode

Hésiode vla le walouf de la Bucolie tranquille en train de faire pépouzement paître ses p'tits moutons patapon sur le Mont Hélicon quand SBRAAAA sans prévenir vision extra-sensorielle : des p'tites zouz viennent le tester en twerkant et elles lui ordonnent de chanter du Raï'n'B pour elles c'est les Muses alors tout de go Hésiode se met à tabasser des slams sur ses deux kiffs ultimes : les dieux et Center Parcs alors c'est parti Milou !!!!!!

Histoire de se mettre bien il commence par faire un petit récap' de qui a baisé qui chez les dieux pour qu'on s'y retrouve un peu dans ce zbeul olympien mais c'est mort parce que les immortels ils baisent non stop avec tout le monde sans aucune forme de pression alors hop la sœur le frère le cousin momo même le p'tit bonhomme en mousse il a le droit à sa cartouche mdrrr !!!!!! Hésiode c'est un cœur pur il cache rien des perversions fetish chelou des dieux genre Kronos après avoir coupé les testiboules à son daron ils les balancent dans la mer au calme et après il baltringue tellement de se faire clasher par ses fistons qu'il se fait pas ièche il les bouffe dès qu'ils sont nés par ici le bucket divin !!!!!!

Après ça Hésiode il change de délire et il ouvre une chaine YouTube tuto rural pour babtou en manque de verdure il fait l'emploi du temps jour par jour il dit ce qu'il faut faire genre traire les grosses vaches ramasser les plans de weed nettoyer les boobs des cochonnes ça fait bien plaisir tout ça !!! toujours dans son plan astuce de Castor junior il veut t'expliquer comment pas se faire péter les couilles par ta gow bon là clairement tu piges que Hésiode et les zouz c'est pas sa came il les respecte pas du tout ce gros clasheur à côté de lui Kaaris c'est un poetic lover qui distribue des roses en plastoc devant Hippopotamus izi !!!!!! il dit même que les gow c'est une punition inventée par les Dieux pour punir ces gros blédards d'humains qui se croient chauds de l'orgueil et de l'hubris et c'est comme ça que Pandore la première meuf a été fabriquée et envoyée aux hommes genre gros cyborg avec un boulard en métal liquide c'est le T1000 croisé avec Beyoncé les humains ils sont crazy in love elle les embrouille avec leurs potes elle leur bebar leur caramel et ELLE LEUR PÈTE LES COUILLES jusqu'à ce qu'ils crèvent !!!!

À la fin on sent que tonton Hésiode il a fait le tour du sujet donc plutôt que de relancer un p'tit Angry Bird à la bien il va distribuer en scred 2-3 balayettes furtives il monte des bails pétés avec des p'tits animaux à gode ceinture des récits champêtres en mode fabuliste comme le faucon et le rossignol genre le rossignol c'est une image d'Hésiode le BG du dactyle et du spondée et le faucon c'est ce gros cul du Roi qui fait rien qu'à opprimer ses sujets c'est chaud comme ça dénonce au royaume de Bucolie !!!! c'est l'épopée qui sent la Knacki c'est opération enjaillement sur l'Olympe c'est ni pute ni soumise (mais un peu pute quand même) c'est Les Travaux et les Jours.

Pour aller plus loin

– Hésiode, *Théogonie, – Les Travaux et les Jours, – Bouclier,* Texte établi et traduit par P. Mazon, Les Belles Lettres, CUF, Paris, 1928-2014, 242 p.

– Aupry (Charles), *Le Motif de la yombance champêtre chez Hésiode,* Les Éditions du Trochée, Gagny, 1666, 1076 p.

– Hahn (Jens), *Musen berühren : eine Typologie,* Universitätsverlage de Quimper, Südlohn, 439, 481 p.

Poèmes, Sapho

Ah là je sens que y a du peuple à se radiner pour téma les gow s'enjailler à gros coups de poèmes érotiques !!!! déso mais tu vas garder la pêche asmeuk bogoss parce que les poèmes de Sapho c'est comme si t'avais ta vidéo Youporn avec une connexion 56k il manque que les meilleurs bouts loool !!!! ça charge à deux à l'heure !!!! remboursez Wanadoo !!!!! eh ouais c'est ça l'Antiquité le délire il t'arrive qu'en fragments dans la ganache alors tu dois recomposer les bails avec ton imagination mais toi même tu sais comment il faut faire pour te stimuler avec tes fantasmes lool !!!!

Quand même Sapho c'était bien une boss elle a inventé sa propre strophe tellement elle respectait personne et ça mettait grave en avant que Sapho si tu veux c'était genre Beyoncé quoi mais elle était grave insatisfaite elle avait pas encore trouvé son Jay-Z et elle rageait de ouf donc elle s'est dit « ok vu que je suis trop gâchée de la love story je vais p'tête adopter 100000 chats ou alors j'vais aller ken de la zouz ça passera mieux !!!!! who run the world girls toi même tu le sais miskine !!!!! » elle exposait sa life sans pression et elle posait ses hymnes à Aphrodite vu que c'est la déesse des belles gosses et donc elle voulait se mettre bien niveau karma tavu !!!

Normal vu qu'elle rage de pas toucher de zobs elle fait des slams sur les gow et sur les babtous et là tu vas comprendre que le délire de y a 3000 siècles c'est le même que quand tu te prends un badtrip au lycée !!!! genre « ben ouais pourquoi c'est toujours les meufs avec des stringos jusqu'aux épaules et un masque de joker qui se tapent les bons keums ??? » ou « te laisse pas embarquer par les bg sur leurs planches de surf parce que tu vas voir au premier tsunami c'est que de la gonflette et ça va faire psschiiiit tout mou les triceps !!!! alors que si t'as un daron mental ben là je peux te dire ça va être Intervilles dans ton pieu toute la night !!!! »

Javou quand même c'est lège comme délire littéraire !!!! mais aussi ça apprend à garder la pêche stylistique parce que suffit de poser quatre phases sur un papyrus et t'attends un p'tit peu que ça se passe et un jour on découvre que t'es un génie alors que p'têtre t'avais juste écrit ta liste de courses sur un bout de sopalin !!!! genre « riz pâtes cordon bleu dentifrice » c'est le chef d'œuvre de l'an 4000 et tous les babtous intellos vont t'analyser le bordel sur Rapgenius !!!! donc respecte le délire des zouz antiques parce que c'était des pures génies en avance lol !!!! c'est d s bo ts d dél re et Bridget Jones à 180 de QI c'est les gladiateurs avec des couettes et la rage contenue c'est les Poèmes.

Pour aller plus loin

– SAPHO, ALCÉE, *Fragments*, Texte établi et traduit par Th. Reinach avec la collaboration de A. Puech, Les Belles Lettres, CUF, Paris, 1937-2014, 340 p.

– ST-JACQUES (Guérin), *Histoire amoureuse de la Gaule,* Cordouan, Bordeaux, 1707, 233 p.

– PARRY (Isobel), *How to dodge blue shells ?,* The Haters Titillated, Boat O' Brig, 1688, 437 p.

– BECKER (David), *Viel Spaß mit Gow,* Seife & Vater, Thalheim, 1957, 592 p.

Fables, Ésope

Baratiner les gow avec des contes enchanteurs c'est la tradition ultime donc quand tu mythonnes à base de p'tits animaux michtos pour serrer une zouz à la sortie du Macumba faut te dire t'es dans la lignée de tous les gars sûrs !!!! genre La Fontaine à caramel tu crois qu'il a fait couler le délire littéraire comme ça no pression go go les fables mystiques ??? ben non magueule il s'est inspiré d'un autre boss de jadis Ésopopopop donc apprécie les origines de la transcendence zoophilique ça va décrasser sec !!!!!

Dans ses plus gros hits y a le loulou et l'agneau la vérité c'est tellement pas compliqué l'intrigue tu te dis Ésope il a écrit ça en posant sa pêche sur trois feuilles de chêne il a dit chef-d'œuvre et il a maraboutè tout le monde donc ouais perds pas le fil ça va tracer comme Jean Todt à Monaco !!!! donc le loup il se radine il veut monter au contact avec le p'tit mouton ça se voit il l'embrouille puissance fdp maximal « eh p'tit mouton tu m'empêches de siroter posément l'eau onctueuse de cette rivière » le p'tit mouton il dit « balek frère garde bien la pêche !!!! » le loup il dit « arrête de clasher la vérité !!!! vu que t'es en mode mauvais délire je te mange façon barbecue !!!! » et en gros la morale c'est de toute façon si le mec il veut te mettre une balayette il va te la placer ça sert à rien de baratiner avant le choc mdrrr !!!!

Sinon y a le loup et le héron mais le loup c'est clair c'est le schlag général c'est lui qu'est sur toutes les représentations antiques de la tatanerie orale lol !! donc il s'est coincé un bretzel dans le gosier à trop grailler comme un dingo et il trouve un héron qu'était là à jouer à PES il lui dit « eh le héron y a moy tu me vires le bretzel ???? » le héron il dit « ok » il lui fait une deepthroat du bec un truc porno sympa quoi et ensuite le héron il dit « bon frère ça fait 20 boules la deepthroat » et le loup il dit « t'as craqué mdrrr ??? déjà je t'ai pas bouffé alors enjaille toi avec 0 € !!!!!!! » et ça la morale ça veut dire que les fdp ils sont encore plus fdp si tu leur files un coup de main !!!!

Allez on finit avec Bernard et Bianca qui se sont fait un pizza sprint le samedi soir devant The Voice et Bernard il fait son boss devant Bianca « tavu comment on mange bien franchement Pizza Sprint ça se pose là dans le game de la calzone ??? » mais là alors qu'ils vont grailler une part de calzone y a un humain qui rentre et qu'a faim de calzone aussi donc Bernard et Bianca ils se taillent et alors Bianca elle dit « franchement si c'est pour baliser des humains et bouffer ma calzone froide toute dégueu je préfère encore me barrer et bouffer des Corn Flakes dans mon duplex où on me fait pas chier !!!!! » et ça la morale c'est que vaut mieux t'enjailler posément que croire ta vie c'est teuf à St Trope sur l'Axe Boat alors que t'as pas de pass VIP !!!!!

Hein quoi ??? ben ouais t'as déjà lu ça chez Jeannot du ruisseau mais écoute qu'est-ce tu veux que j'te dise ??? pas ma faute s'ils ont tous bu dans la même fontaine à jaja !!!!! donc respecte la tradition du fabliau et enjaille toi doublement !!!! c'est le silence des agneaux et Hannibal Lecter à mardi gras c'est Pouce-Pouce sauve le zoo c'est les protips sortis de nulle part en mode no shit sherlock c'est les Fables.

Pour aller plus loin

– ÉSOPE, *Fables*, Texte établi et traduit par E. Chambry, Les Belles Lettres, CUF, Paris, 1927-2012, 324 p.

– ROULEAU (Amitée), *Ésope plagiaire par anticipation ?*, Le Galoisien, Marseille, 1712, 659 p.

– KOENIG (Maximilian), *Bikini ohne Pool ?*, Fistel's Verlag, Wirges, 1645, 1154 p.

Olympiques, Pindare

« Oh les champions on est tous ensemble ça fait plaisir oui oui oui oui » on se retrouve tous au vélodrome antique avec des wads géants en mousse et des vuvuzélas du Styx furieux pour voir des schlags trempés dans l'huile d'olive comme une putain de souris verte faire des tours de stade et ainsi trancher la question épineuse de c'est qui le gros boss de la pure vitesse sidérale qui fait des pneus en gomme !!!!!!! tous les athéniens sont chauds de la teub ils veulent voir l'Usain Bolt local et notre p'tit pote Pindare se propose de poser des slams vengeurs deci delà pour faire des célébrations olympiques on sent que ça va tiser sévère après mdr !!!!!!!!!!

Pindare c'est un cramé il aime tellement tout chanter les exploits sportifs t'as l'impression qu'il a bouffé L'Équipe de la veille avec une p'tite couronne de lauriers michto et prüüüüüüüt vuvuzela encomiastique le boss de la lyre en roue libre il lâche un petit couplet posey où il fait la liste de tous les trucs qui font bien plaisir selon lui : le soleil Héraclès le jus de tomate Apollon franchement c'est bien d'avoir des convictions pouce vert sur ta famille Darepin !!!! après tu piges que ces petits messages RnB ça passe pas trop auprès du public les mecs avec les wads géants c'est pas des bac + 56 donc eux ils taillent Pindare et ils disent « mdrrrrrr c'est tellement le zbeul sportif ton délire Stade 2 c'est pas Pindare ton blaze c'est Pinder comme le cirque ptdr !!!!!!!!!! »

Mais suprême et court-vêtu Pindare s'en bat les steaks avec une spatule en kevlar qui fait « flip flap » quand il retourne les aliments alors il tabasse avec 2 000 bouches et 2 000 mains le clou du spectacle raccroche ta gaine tonton parce que ça va défoncer : pendant que l'orchestre à base de popopo double flûte pété tympan et ocarinas du temple de l'eau balance un beat bien sale qui met en stress les spectateurs hirsutes t'as des tigres de trois mètres qui font du break-dance/sirtaki les yeux bandés en passant par des cerceaux de feu grégeois pendant que Hiéron de Syracuse en full frontal fait du trapèze en se retenant par la seule force de son anaconda bronzé au soleil de Thrace et que Diagoras de Rhodes le King of Iron Fist Tournament exhibe fièrement sa ceinture de boss trempée dans la harissa !!!!!!!!!!

Et là Pindare se retourne en mode « Monsieur Loyal t'a envoyé une disquette » et il regarde dans les yeux les 20 000 spectateurs du stade rennais d'Olympie et il dit « ça c'est le cirque Pindare magueule !!!!!!! teste un peu ça pélo !!!!!!!! » donc voilà c'est l'obscurité lumineuse de la poésie qui tise c'est le bonheur orphique qui colle des balayettes pas nettes c'est l'exploit des BG musclés de l'aube de l'humanité c'est les Olympiques.

Pour aller plus loin

– PINDARE, Texte établi et traduit par A. Puech, *Olympiques,* Les Belles Lettres, CUF, Paris, 1922-2003, 211 p.
– DUPONT-MOUSSEAU (Vignette), *Histoire des commentateurs sportifs à travers les âges,* Les Éditions du Schnaps, Béthune, 1720, 390 p.
– OSTERHAGEN (Ute), *Die Champions : wir alle zusammen zu bekommen,* Stratabiz, Remscheid Lüttringhausen, 1849, 402 p.

Les Perses, Eschyle

Les Perses je t'arrête tout de suite tonton c'est pas l'histoire de Julien Lepers qui chille mdrrrr c'est plutôt le badtrip cosmique alors va yoper tes cothurnes BG parce qu'on va s'ambiancer la catharsis avec la première des tragédies hey ho est-ce que tu m'entends hey ho !!!

Le pitch il est tellement keuss on dirait une blague carambar de la fatalité teste un peu ça : c'est la grosse tatane des guerres merdiques oups pardon médiques mdrrrrrrrrr starring les Avengers des cités grecques Versus Xerxès le Prince of Persia avec un blaze de vinaigrette un gadjo bronzé aux UV de Dame Nature en gros Xerès il a des pouvoirs stylés comme sauter sur les murs ambiance yamakasi avec un piment dans le baltrou ou encore envahir les petits amis du Péloponnèse et de la Macédoine sans aucune forme de pression !!! mais là le bail c'est que Xantia Picasso il s'est fait botter les seufs version Allemagne-Brésil à la coupe du monde genre il s'est radiné avec 5 000 000 gars sûrs et il se fait taper la bouche par la Team Feta Salakis qui déboule avec trois fifres et deux pipeaux !!! bien joué Miloukis !!!!

Quand la pièce commence c'est la hass intergalactique doublée d'une sacrée hchouma pour les persiens sur scène y a Atossa la daronne de Xantia la reine des neiges des perses (parce que ça fait perce-neige mdrrrrrrr) donc tu piges que Atossa c'est un pseudo pour Testarossa bref grosse cylindrée royale pour la reum à Xantia aussi comme c'est une tragédie hey ho tout est pété donc elle parle avec un choeur elle raconte qu'elle a vlà le pressentiment que ça chie en Grèce pour la Team Lepers après y a un ptit messager ouin ouin qui lui marathone la notif de 20Minutes « breaking : c'est la merde lol Xerxès il rentre au bled et il chiale (source AFP) » Testarossa et le choeur ils font des vibes de Mariah Carey tout ça pour dire « mauvais délii-i-i-i-i-i-i-i-i-iiire !!!! » alors après me crois pas si tu veux pas mais y a Darius le Daron mort depuis 20 piges qui déboule en mode hallucination collective il pose un slam vengeur trop dark et il disparaît en deux-deux le choeur il va se cacher et Testarossa elle rentre au garage.

Comme au bout d'un moment tu peux plus baltringuer et faut affronter l'horrible réalité qui pue la merde y a Xerxès qui rentre aussi et donc toi tu te dis qu'il va débriefer un peu la grosse fessée en mode Christian Jean-Pierre mais non il te fait une Arsène Wenger il dit juste « oui. » alors que c'était pas la putain de question !!!!! Pour remettre l'ambiance il tente un vieux truc de standup il dit « je m'appelle Xerxès et ça a tourné au vinaigre looooooooooooool » mais le cœur y est pas tout le monde chiale donc il sort de scène sous un déluge de pouce rouge !!!!! et c'est fini !!!!! c'est Mambo number five sur la folie des hommes et spondées « quatre à la suite » c'est le game over chez les barbares et la fessée cul nu de la fatalité c'est Xantia tunée modèle hybride hubris c'est les Perses.

Pour aller plus loin

– ESCHYLE, *Tragédies*, Texte établi et traduit par P. Mazon, Tome I : *Les Suppliantes, – Les Perses, – Les Sept contre Thèbes, – Prométhée enchaîné,* Les Belles Lettres, CUF, Paris, 1920-2010, 352 p.

– MISKINE-BARJAVEL (Adrienne), *Laisser la main : Logiques et principes chez Eschyle,* La Nanopuce sympa, Asnières-sur-Seine, 1723, 132 p.

– SHUSTER (Claudia), *Der persische schmeckte das Norman Sauerkraut,* Ländlichkeit, Wilgartswiesen, 1686, 1165 p.

Histoires, Hérodote

« Ce vieux cul d'Hérodote je le kiffe mais il a un seul défaut : il radote mdrrrrrr » nique sa mère c'est la dernière fois que j'écoute mon vieux tonton bourré pour me parfurner sur les antiquitos après il part dans un slam sale et velu y a plus rien qui l'arrête c'est la roue libre sur le baby park de l'Asie mineure !!! donc on se pose avec le fat kinbou d'Hérodote d'Halicarnasse les Histoires aka l'Enquête Exclusive ambiance Nanard de la Villardière qui infiltre les réseaux moldaves de la putocratie et la route de la drogue des enquêtes biens fraîches qui racontent tout pour les minots qui mâchouillent la meumeu !!!

L'objectif de vie du petit prince d'Halicarnasse c'est expliquer la guerre mondiale de l'Antiquité featuring les Persos d'Essos avec leurs barbouzes barbares de hipster joibour et leur Dieu bien cheum avec un nom de pile Mazda VERSUS les Grecos de Westeros la peuplade bien chéper qui a essaimé au calme sur toute la map et qui pense que la Méditerranée elle est à son père !!! Hérodote il veut bien t'ambiancer la sapience donc il va balancer pourquoi les waloufs se tatanent de la sorte depuis des millénaires comme deux shotos en roue libre !!! « bah en fait c'est tout con les gros » nous rapporte Hérodote « y a un pélo chez les Grecos et un pélo chez les Perses qui ont topé une schneck dans le pays de l'autre et ça plaît pas trop aux husbandos qui vont chercher leurs crew et ils lancent l'opé nom de code *Princesse Peach Raboule Tes Miches* et après c'est le zbeul à l'échelle continentale et t'en as pour 200 000 ans de pop-corn pour mater cette boucherie. »

Après on a le droit à des p'tits portraits charmants de BG et des anecdotes trop dar style y a Gygès un p'tit gadjo tout keuss avec plus d'un tour dans la besace à bails !!! un jour le roi de l'époque l'a poké sur FB pour un challenge pas clair « eh pélo ma zouz la reine elle est plus bonne que la plus bonne de toutes tes copines !!! teste un peu ça magueule : viens te planquer cette nuit dans notre chambrette va la téma et chiale ta race tellement elle est belle comme une jument bien stylée une borne d'arcade des Air Max édition limitée ou toute la collec amiibo au complet tu vas rager sérieux !!! » sauf que la reine Beyoncé 3 quand elle capte Gygès dans son délire petit-poucet stalker dans la chambrette royale elle propose à Gygès de zlataner le vieux cul du roi tripoteur et de l'épouser ELLE pour devenir roi à la place !!!! et le petit Gygy il dit « ok » ils niquent à la bien et hop grosse descendance de darons même que son p'tit neveu c'est Crésus le gros boss qui a inventé la fontaine à caramel !!! Crésus lui c'était pas le même délire plutôt option gros cramé de l'astrologie qui envoyait h24 des messagers voir la Pythie une vieille meuf pétée à la colle tout ça pour lui demander qui c'est le gros boss et comme la Pythie faut bien qu'elle croque elle lui chauffe la pituite elle dit « tkt bb c'est toi le boss » résultat Crésus il prend la confiance il veut tabasser le monde entier mais coup de théâtre tonton !!! y a Cyrus qui déboule de Milet (parce que ça fait Miley Cirus mdrrrrrrrr) comme une wrecking Ball dans ses organes de la reproduction pour le stopper direct ! Et suite à cette vidéo de clash Cyrus il devient Roi des Mèdes le king du jus d'orange c'est le Minute Mède !!! des barres à base de jus concentré !!!

À un moment y a Cambyse un Perse opé du clash qui se lance un défi : botter des culs égyptiens et c'est chaud parce que c'est des culs de profil y a toute une technique heureusement il a trouvé un tuto sur YouTube !!! et donc Hérodote il te fait un fat exposé sur l'Égypte ambiance « j'irai dormir chez vous soir-ce » on découvre que les Égyptos c'est le monde à l'envers les bonhommes ils restent à chiller entre couilles à la casbah pyramidale pour coudre des p'tits vêtements kawaii pour les babies alors que les schneck elles partent faire du biz en Hummer elles sont tellement chaudes de l'émancipation qu'elles sèpent debout sans aucune forme de pression c'est clairement pas l'happy hour tonton !!! après avoir bien décrit comment les Égyptiens bouffent ils baisent ils prient leurs dieux z'animos aux chocolat blanc et les momies sans oublier la vie des crocodiles Haribo et le désert du Nil on revient au vif du sujet : la tatane atomique entre les Perses et les Grecs donc du côté des Persos Essos le roi c'est Darius le petit-fils de Cyrus parce que c'est un keumi trop dar et du côté des Grecos Westeros y a deux tess qui prennent le contrôle des autres c'est Athènes et Sparte que le clash commence !!!

Tout le monde se met sur la gueule les Grecos ils veulent se venger de Miley Cyrus parce qu'il a annexé les cités grecques d'Ionie ok why not après Sparte elle veut se venger de Samos la portion de lait des grands et Athènes veut se venger d'Égine parce qu'ils préfèrent les toges mdrrrrrrrrr !!!!!! sinon Darius lui il veut croquer les Grecs parce qu'ils ont mis le feu à Sardes le BG teubé de la comédie musicale Roméo & Juliette et enfin Xerxès le big big big boss il veut se venger parce que les Grecos ils ont buté son daron et ça se fait trop pas !!! bref tout le monde veut se venger de tout le monde et la grande bataille des Pokémons a lieu à Salamine puis à Marathon et toi-même tu sais que les Grecos ils ont botté le cul des Perses qui sont repartis avec leur pont de bateaux et voilà le travail Milou !!!! c'est Intervilles chez les Antiquitos c'est Enquête Exclusive dans tout la bassine de l'Hellespont c'est les Rois du monde et Louxor j'adore c'est les Histoires d'Hérodote.

Pour aller plus loin

– Hérodote, *Histoires*, Texte établi et traduit par Ph.-E. Legrand, Les Belles Lettres, CUF, Paris, 1932-2003, vraiment beaucoup de pages.

– Labare-Lacaisse (Marthe), *La Contre-Enquête,* Les Éditions du Colifichet, Les Lilas, 1736, 88 p.

– Gottlieb (Dieter), *Die Meumeu : gegen-Untersuchung,* Krebs & Sohn, Voltlage, 2013, 425 p.

Médée, Euripide

La vérité tous les babtouzors qui chouinent parce qu'ils peuvent plus bouyave vous allez vous décontracter de la teub et respecter un peu plus les zouz svp c'est plus possible d'être aussi tricard du cul et aussi boloss à la fois ambiance tranquillement les MILF et elles te le rendront bien fdp !!!! si tu crois déjà c'est l'anarchie féminine test un peu Médée tonton la grosse colère du jurassique ma raptor de la fouf sûre !!!! pour pas que tu te radines au bac de latinade et te fasse tatane par ton prof confonds pas tout pélo c'est pas la pièce de Corneille ou de Sénèque qu'on va tester là mais le fcat izi de l'Optimus Prime de l'hexamètre dactylique Euripide !!!!!

Médée déjà faut se dire c'est une daronne de la pyroblast la zouz c'est sorcière glacier x3 à côté les mages noirs de Final Fantasy ils jouent aux Playmobils la vérité mdrr !!! donc parce que elle a défoncé un dragon posément avec ses vieux sorts de Merlin l'enchanteur elle a pu pécho Jason et sa grosse toison de teub d'or ensuite ils ont eu deux p'tits bébés et ça frère ça fait bien zizir pour les allocs !! mais sauf que Jason il s'en balek des mages noirs lui il préfère les mages blancs genre la fille du roi Créon avec ses potions chamaniques et ses sorts de soin et de bouclier il prend jamais Médée dans sa team pour tatane les ennemis !!!! elle rage trop devant sa PS3 elle fait start tellement ça lui bouche le boulard de les regarder tous les deux délirer ptdrrr !!!! le seum a un visage !!!!

Et là ça va te faire trop relativiser de ton couple magueule vu que Médée juste parce qu'elle peut pas jouer avec son keum à la PS elle va se vénère de ouf que Jason il préfère la pauvre gow de Créon qui peut même pas attaquer avec son bâton de magie Fisher Price et Créon comme il voit elle rage trop Médée il l'exile mais Médée elle dit « ok vieux con de toute façon vous savez pas jouer je vais me casser mais avant je vais faire mon p'tit délire dans la famille ok lol ???!!!! » et Jason il dit à Médée « mais faut que tu comprennes bb j'dois niquer des gows pour avoir d'autres p'tits bébés !!!! » mais Médée elle s'en branle sévère elle veut tous les défoncer ces malpropres du jeu vidéo !!!!

Du coup après qu'elle a bien chialé tellement elle est tricarde elle va voir Égée elle lui dit « ok pour te baiser mais tu me protègeras de Jason ok ??? et tu me laisseras aller dans ta team Final Fantasy aussi svp !!!! » et là Médée elle dit « maintenant je vais tuer tout le monde :p » donc elle file une couronne de la galette des rois maudite pour buter la fille de Créon et après ???? ben elle bute ses enfants !!!! dis donc ils crient pas mal ces p'tits rageux mdrrr !!! et voilà le tour est joué maintenant je vais me casser sur mon char de soleil avec mes enfants bouyaves et on va tous bien s'amuser !!!! et Jason comme une grosse merde il capte rien ben oui c'est ça aussi fdp de pas être réglo avec les meufs sérieux !!! c'est ta team Skype qui chante Game of Thrones c'est les zouz déprimées qui kalash au pif c'est les cramés de la manette et Thierry Beccaro sur son motoculteur c'est Médée.

Pour aller plus loin

– EURIPIDE, *Tragédies*, Tome I : *Le Cyclope, – Alceste, – Médée, – Les Héraclides,* Texte établi et traduit par L. Méridier, Les Belles Lettres, CUF, Paris, 1926-2009, 409 p.
– GAILLARD (Théodore), *Médée médée : l'appel au secours,* Presses Universitaires de Quimper, Quimper, 1752, 942 p.
– VOGLER (Anna), *Ich habe immer die schwarze Kugel abholen,* Universitätsverlage de Motorrad, Katzenelnbogen, 1486, 232 p.

Œdipe Roi, Sophocle

Y a un p'tit baby qui naquit dans l'Égypte de l'Antiquité et ses darons ils appellent 3646 voyance pour savoir la destiny du p'tit baby et là gros drama en fait le baby il va faire des trucs de gros crado mais je vous dis pas quoi pour préserver le suspense façon Se7en du coup ses parents ils donnent le baby à des clodos et après le baby devient grand badboy et il appelle 3646 voyance et là la fatwa à la fat boule de cristal façon Dragon Ball Z elle lui dit TU VAS KILL TON PÈRE ET KÈNE TA MÈRE WALLAAAAH le badboy c'est Œdipe il commence à péter son complexe il dit c'est pas possible j'peux pas kène ma mère c'est pas une MILF !!!! du coup il prend ses clics et ses clacs il se taille en deux deux.

Tel Bernard Lavilliers on the road euguaine euguaine il tombe sur un vieux croûton qui le regarde bien de travers il lui dit « tu m'cherches ou quoi hemdoulah » ni une ni deux le croûton il a le temps de rien dire de rien faire Œdipe il se met en mode Zangief il lui met sa raclée sévère façon ninjustu Hadouken Shoryuken sempousempa et le vieux il clamse putain duuuur lol c'est ça la vie dans les tiéquar de nos jours mais Œdipe il s'en fout il arrive dans v'la la citadelle avec des palmiers de tarba et des zouz à foison sous les palmiers et y a des oasis et des cornes d'abondance des hippogriffes et même des hippopotames avec des griffes la totale façon gros badtrip.

Là Œdipe il voit une pure MILF Jocaste et elle dit si tu veux me kène va voir le sphinx mais le sphinx c'est un pur Tchernobyl bien hardcore il raconte que de la merde mais Œdipe il le défonce au puissance 4 et du coup à lui Shyla Stylez la MILF iziiiii !!!! il la kène et tout ils ont v'la les babies bien chaud et tout SAUF QUE EN FAIT GROS MINDTRICK LA PURE MILF C'EST SA MÈRE BIOLOGIQUE !!!

Du coup Œpide c'est un cœur pur il peut pas kène sa mère et sa mère elle peut pas le kène non plus alors elle se hang up façon Madonna malgré qu'elle soit bien gaulax et ni une ni deux Œdipe il en peut plus de tant de haine il se crève les yeux walou et on le bannit après il cause à ses deux enfants trisomiques et il se barre là-haut sur la montagne on l'attend c'est le destin furieux c'est Brazzeers chez les égyptiens et Bernard Lavilliers sur Street Fighter c'est Œdipe roi.

Pour aller plus loin

– Sophocle, *Tragédies*, Texte établi par A. Dain et traduit par P. Mazon, Tome II : *Ajax, – Œdipe Roi, – Électre*, Les Belles Lettres, CUF, Paris, 1958-2009, 359 p.

– Bonneville (Prewitt), *Devenir riche en trente minutes grâce à Internet,* Bacule, La Teste-de-Buch, 1768, 1084 p.

– Aachen (Philipp), *Ist ein MILF Puma ?,* Die Toiletten, Jarmen, 1730, 388 p.

Les Oiseaux, Aristophane

Bien chelou le petit délire d'Aristophane ça se passe dans une charmante bourgade des îles grecques là y a une zouz toute tigen qui mène des enquêtes BG de la déduction Sherlock Holmes avec des boobs bien bombés elle s'appelle Tippi genre c'est une sioux mdrrrrrrr et là y a des pigeons dégueus qui lâchent des bombes de guano sur la ganache des babtous et après tout le monde bade parce que y a des corbaks bien fdp qui commencent à tabasser les honnêtes gens et

Bah quoi ?

Ah non mdr c'est pas ça les barres en technicolor !!!!!!!!!!

Donc en fait c'est plus une ambiance onirico-posey aux pays des kebabs langoureux y a deux pélos d'Athènes forcément ils viennent du Péloponnèse mdrrrrrrrr ils en peuvent plus du niveau de walouferie interstellaire chez les athéniens que des gros chicaneurs qui te mordillent les testiboules dans des procès pétés pour que dalle donc ils décident de s'arracher viteuf pour rejoindre la ville des oiseaux welcome to Coucouville-Les-Nuées frérot paye ton blase à la DRIR et comme ils en peuvent plus des hommes bah leur kiff c'est de devenir des piafs woooo bien pété comme délire mais Dionysos seul peut me juger !!!!! donc les deux keumis c'est Évelpide et Pisthétère ils sont partis avec leurs p'tits canaris et des perroquets cramoisis de compète histoire que les piafs comprennent que c'est des ornithophiles heureusement ils ont un complice un ex babtou devenu piaf aussi Térée mais maintenant son nom de gang c'est la Huppe ok.

Une fois que tout le monde a pris son goûter Évelpide et Pisthétère ils posent leur slam sur les zoiso pour dire « vous êtes trop des boss les piafs personne peut vous tester on vous kiffe » les oiseaux ils disent ouais ok why not mais ils sont pas chauds alors les deux pélos ils ont un bail pas possible : comme Coucouville c'est dans les airs entre l'Olympe et les Hommes tous les sacrifices et les p'tits cadeaux charmants des hommes pour les dieux olympiques passent par chez les piafs DONC histoire de montrer c'est qui qui gère la stratosphère les p'tits moineaux vont faire le BLOCUS aérien y'aura plus de kinder plus de chips plus rien pour les dieux !!!! les p'tits hérons et leurs potes ils disent « hamdoullah super bail !!!! bienvenue dans la fami les deux pélos !!!! » après Évelpide et Pisthétère ils font une grosse transmutation One Piece ils ont des ailes de BG et des pattes d'aigles majesteux et tout c'est complètement badass de la plume.

SAUF QUE C'EST LE ZBEUL À COUCOUVILLE !!!! d'un côté c'est le gros débarquement de babtous athéniens en mode françafrique qui veulent taper vla l'incruste sans pression et de l'autre côté t'as les dieux de l'Olympe qui veulent s'enjailler ils en peuvent plus des p'tits Ferrero

Rocher ils veulent des légumes verts t'entends ??? des brocolis !!!!!!!! mais les piafs ils baltringuent pas ils construisent le mur de Berlin de Gaza à la cool mais dans le ciel eh ouais c'est ça la puissance du théâtre antique donc là les dieux ils se zéhef sévère y a Zeus qui tatane des éclairs dans tous les sens donc il envoie Iris mais même Iris elle se fait tèj donc on passe au plan B et le plan B c'est chaud magueule :

– Poséidon

– Héraclès

– Un Dieu barbare

Sur le papier c'est grosse pression mais quand tu les vois débouler mdrrrrr ça va en fait le gros cul de Dieu barbare y a personne qui panne ce qu'il dit il parle comme un captcha sur Facebook mdrrr il dit que ZD4874QdsdSQUCSÖfhzu°nds donc comme les oiseaux sont pas chiens à la fin ils disent « ok on arrête de péta les sacrifices des hommes mais respectez-nous tas de cons !!!! » alors les dieux ils disent « ok » les hommes ils disent « ok » Évelpide et Pisthétère ils disent « on a eu chaud Milou !!!!!!!! » et après tout le monde danse la macaréna !!!! c'est Hitchcocorico et le pouvoir de l'imaginaire c'est ma cité grecque va crack-er c'est le rire qui guérit tout c'est les toucans et les toukens c'est Les Oiseaux.

Pour aller plus loin

– Aristophane, *Comédies*, Texte établi par V. Coulon et traduit par H. Van Daele, Tome III : *Les Oiseaux, – Lysistrata,* Les Belles Lettres, CUF, Paris, 1928-2008, 324 p.

– Blanchard (Grégoire), *Configurer son WIFI en 3 étapes,* Les Toupilleurs, Saint-Brieuc, 1800, 191 p.

– Abendroth (Tobias), *Ich fiel für sie : tülütü-tü,* Rohwurst, Böttingen, 1305, 1005 p.

Lysistrata, Aristophane

Moitié Aristote moitié Fan de c'est lui c'est Aristophane le boss de la comédie hellène qui fait se taper des barres antiques à l'ombre de l'acropole ce qui fait qu'à y regarder de près c'est se taper des cariatides mdrrrrrrr !!!!!!!!!!

Lysistrata c'est les Femen kamikaze de la bite bombe sexuelle entre les boobs donc grosse pression dans la capsule souple des phéromones ça commence la zouz farouche Lysistrata elle convoque ses soss toute la clique du crew athénien et y a même les spartiates des meufs pas commodes qui parlent chelou bref grosse réunion de schnecks c'est le G20 de la chagasse et Lysistrata elle monte à la tribune elle s'adresse à ses potos de fallope en ces termes choisis : « on n'en peut plus des guerres de bâtards qui ravagent le Péloponnèse tmtc que ça tatane les fils qu'on pond comme des oeufs de Yoshi et qui sont direct envoyés au casse-pipe létal !!!! on est seules-tout tout le temps et moi mes reuss j'ai eu l'idée du siècle on va amorcer la bombe du boule : grève de la teube jusqu'à ce qu'il y ait la paix !!!!!!!! » au début les sheygueys de Lysistrata elles disent « trop bonne idée cocotte pouce vert sur la ceinture » mais assez vite ça déchante dans la culotte alors c'est plutôt « oh mais non eh nous aussi on veut la b. !!!!!!!!! c'est double peine pour nous magueule !!! »

Résultat grosse pression sur le mont d'Aphrodite les zouz se retranchent dans un temple au calme y a des vieux culs qui se radinent et comme ils peuvent pas les bz eh bah ils les enfument à l'ancienne donc elles ont chaud les gow mais c'est pas le désir c'est l'incendie dans la casbah heureusement elles ont la soluce : des sodo oups !!!!!!!!!! pardon des seaux d'eau mdrrrrrrr !!!!!!!! Lysistrata elle a peur de rien donc elle marave les vieux culs après y a un ptit commissaire de la BAC qui se radine HOP elle lui retourne la caboche en deux-deux sans lui montrer un seul boobs GG l'argumentaire de ouf bon après c'est un peu tendu parce que y a un mec monté comme un pitt Cinésias il veut absolument bz sa gow il en peut plus IL VEUT NIKERRRRRRRRRRRR mais sa douce moitié elle le bithone (c'est mythoner avec la teub mdrrrrrrrrr) elle lui fait son œil de tigresse lubrique des Carpates mais c'est un gros bail juste avant de bz elle s'arrache et lui dit « lol en fait je fais comme ma cops Lizzie si tu veux ken tonton t'as qu'à faire la paix allez kiss à plus dans le bus !!! »

Donc là ça peut plus durer pour les darons ILS VEULENT BZ !!!!!!!!!! !! TU M'ENTENDS !!!! LA BAISE !!!!!! donc tout de go les keums vont monter « le sommet international de la paix pour baiser des gow » tous les couillus se pointent ils signent ils font des brohugs ils disent « pardon » et « je le ferai plus » même les zehefs spartiates qui tabassent tout le monde ils disent « ok c'est où qu'on signe on veut bz !!! » et voilà !!!! à la fin ça se papouille l'abricot dans tous les recoins mais la guerre est finie bien joué Lizzie !!!!! c'est Orange Is The New Black sur l'Acropole c'est la baudruche des conflits phallocrates dégonflée par l'absurde c'est verre baveur et stratagème niqueur c'est Lysistrata.

Pour aller plus loin

– Aristophane, *Comédies*, Texte établi par V. Coulon et traduit par H. Van Daele, Tome III : *Les Oiseaux, – Lysistrata,* Les Belles Lettres, CUF, Paris, 1928-2008, 324 p.

– Perillard (Arno), *Entre l'huile et l'aromate : quelle place pour les sardines ?,* Presses Universitaires de Copacabana, Aix-les-Bains, 1836, 775 p.

– Winkel (Nicole), *Der entleerte Ballon chauvinistischer Konflikte durch Widerspruch,* Verstopfung's Verlag, Vohburg, 1294, 1106 p.

Les Grenouilles, Aristophane

Aristo c'est le chaud de la déconnade il trouve toujours moy de placer une p'tite roulade des familles avec des jonglages façon Le Plus Grand Cabaret du Monde pour enjailler l'assemblée et ça c'est le gros plaisir la vérité parce que c'est pas la oij à l'époque entre les esclaves chtouillés et les bastons dantesques avec les barbares il faut bien se taper des barres pour gérer la pression !!!!! aussi comme il a de respect pour personne il pose son histoire complètement pétée en mode « allez en avant les tous Pikachu on fait n'importe quoi et à la fin ça fait plaisir mdrr !!!!! » et Pikachu il dit « pika pika !!!!! » et ça veut dire « javou gros schlag !!!!!!! » ptdrr sacré Pikachu !!

Donc le délire c'est genre à la rentrée littéraire avec Beigbeder qui se touche le gland avec son Pouilly fumé et tous les autres branlos atomiques avec leurs livres de boloss et y a Dionysos qui débarque et qui dit « bordel les cons vous en avez pas marre d'écrire de la merde comme ça ????!!! sérieux arrêtez de taper comme des teubés sans regarder vos claviers c'est le mauvais délire !!!! » et donc comme il trouve que tout le monde est pété de la littérature il prend son pauvre esclave Xanthias et il va chercher le boss Euripide aux Enfers parce que lui au moins il savait c'était quoi le vrai sens de la tatane stylistique !!!

Donc Dionysos il est en roue libre dans sa Xantia mais sur le voyage il se fait un p'tit cosplay d'Hercule dans le plus grand des calmes vu que Hercule c'est le seul tonton à avoir fait l'aller retour là où crèche Hadès sans payer de supplément 1re classe et faut pas dire mais Dionysos vu que c'est le dieu des harpes il galère quand même sévèrement pour passer le Styx déjà y a un mort Dionysos il l'alpague genre gros sans race « eh le mort porte mon p'tit sac si ça te dérange pas lol !! » alors le mort il dit « t'as du caramel ???? » « nope » « alors garde bien la pêche Diony mdrrr la vérité jamais je t'aide !!!! » les morts ils s'en balek de tout c'est la vérité frère !!

Bon finalement Dionysos il passe et là gros bordel symphonique les crapauds qui se mettent à faire un gospel Disneyland « à travers le bayou !!!! à travers le bayou !!!!! » sauf que Dionysos il kiffe pas Disney il dit « fermez vos gueules les grenouilles !!!! » « non mdrrrr !!!! » « bon ok !!! » ptdrrr comment il a aucun respect pour lui même tellement il se fait bouyave par les batraciens !!! il a aussi grave les embrouilles avec son cosplay d'Hercule tout le monde veut lui mettre des ippons vu que Hercule c'est le génocideur number one il a défoncé tous les méchants de la terre donc Dionysos file son cosplay à Xanthias pour qu'il se prenne les taquets à sa place !!

Finalement les deux babtous arrivent chez Hadès où y a Euripide et Eschyle qui sont là sans pression à s'enjailler avec leur grosse bossitude littéraire et leurs vers de diamant et Dionysos du coup il sait plus quel boss il doit chopper alors les deux poètes pèsent leur game et finalement Dionysos il prend Eschyle dans sa team de numéro dix parce qu'on bite rien à ce qu'il raconte Euripide tellement il nous ampoule le trou de balle avec ses spondés !!!! et aussi Eschyle il sait c'est quoi les bons chants de supporter pour aller fister les spartiates c'est pour ça !!!! c'est drive-by en barque sur le Styx et Cerbère qui fait du piano c'est le littégame des Avengers dans un amphithéâtre de rageux c'est Les Grenouilles.

Pour aller plus loin

– Aristophane, *Comédies*, Texte établi par V. Coulon et traduit par H. Van Daele, Tome IV : *Les Thesmophories, – Les Grenouilles,* Les Belles Lettres, CUF, Paris, 1928-2012, 288 p.
– Rochon (Archard), *Typologie de la Boule magique,* La Sulfureuse, Béthune, 1885, 604 p.
– Skinner (Gracie), *Half-Life 3 confirmed : theory of an hypothesis,* Transfer, Bayford, 1560, 890 p.
– Gaertner (Christian), *Aristophanes gute Delirium,* Keine, Oberelbert, 1048, 419 p.

Contre Ératosthène, Lysias

Il y a 2 400 ans de cela ça se tatanait la sandalette dans l'Athènes antique genre les gars ils se clashent non stop c'est du binge-clashing faut vous détendre le baltrou les mecs sérieux on peut pas passer sa life à se clasher-contreclasher au tribunal des clasheurs si ?

Bah si.

Bon ok.

Prends ton goûter magueule parce que c'est parti pour durer leur délire donc là c'est Lysias qui a un blaze de chanteuse de R'n'B tu crois qu'il va balancer des vibes woooooooooooooo comme Tal et Mariah Carey pendant 10 plombes mais nope le clash judiciaire c'est de l'abattage donc on perd pas de temps donc on enchaîne donc voilà le bail : c'est Lysias il est tout chonchon contre Ératosthène facile c'est le titre du kinbou mdr !!!!!!! après il développe un peu il dit qu'Ératosthène le king du polystyrène il a fumé la famille de Lysias Paul et Marc mais ils sont deux ou quoi ??? bah non ça s'écrit Polémarque boloss ah ok mdr !!!!! mais après Érato il s'est pas arrêté dans son délire il a aussi péta toutes les possessions terrestres de la mifa de Lysias parce que c'est un métèque donc hop à dégager un barbecue une piscine autoportante le crocodile gonflable du petit dernier le scooter ET le pot ninja et la valeur de la vitrine est estimée à... à... 100 000 DRACHMES woooooooooo !!!!!!! donc les tourments de Lysias qui a perdu son p'tit chez soi et ses soss ça fait pas plaisir on sent qu'il en a gros sur la patate.

Mais faut savoir de quoi on cause tonton parce qu'à l'époque y a eu la dictature des Trentes un régime de type autoritaire quand y a Lysandre et ses dingos spartiates qui ont déboulé à 180 km/h à contre sens sur l'autoroute du délire pour péta toute la cité athénienne même les dieux de l'Olympe ils étaient en stress !!!!!!!! après les Spartiates se taillent mais ils laissent 30 pélos athéniens en mode Kim Jong Il histoire de bien niquer l'assemblée les gros Boulè mdr !!!!!!!!!! !!! mais l'Athénien est fier et poilu et tout donc y a un chef de la résistance il se rebelle de ouf c'est Thrasybulle mais ses potos l'appellent Watibulle des barres !!!!!!!!! bref il se radine Watibulle tue les Trentes qui maintenant s'appellent les Zéros ptdr et bim retour de la démocratie athénienne on a eu chaud Milou !!!!!!!!!!

À un moment Lysias il a balancé son slam fatal il en peut plus il doit reprendre sa respi sinon il va nager avec des dauphins de l'apnée donc là Érato il cherche à se défendre il dit « woooooo c'est bon t'excite pas comme ça c'est du passé c'était pendant que les Trentes étaient là et puis y a eu une amnistie donc hop miroir magique infini je suis amnistié à plus dans le bus lol » et le pire c'est que ça marche les avocats le détestent !!!!!!!! et puis Lysias il fait un smiley triste :-(mais il passe à la postérité avec son discours bien stylé alors ça va il fait un smiley content :-) c'est les balayettes judiciaires et le devoir de mémoire c'est les fdp opportunistes et la cité forte comme un roc c'est le Champomy mortifère et le Watibulle libérateur c'est Contre Ératosthène.

Pour aller plus loin

- Lysias, *Discours*, Texte établi et traduit par L. Gernet et M. Bizos, Tome I : *Discours I-XV*, Les Belles Lettres, CUF, Paris, 1924-2012, 400 p.
- Beaule (Paien), *Défense & illustration de la fondue savoyarde*, Les Presses du Datif, Limoges, 1897, 752 p.
- Freitag (Stefanie), *Sie sind der hundertmillionste Besucher*, Editionen reinen Körper, Heinsberg, 534, 1159 p.

Pronostic, Hippocrate

Déjà ça m'enchanterait bien les papilles que Les Belles Lettres ils arrêtent un peu de se foutre de la gueule du peuple !!!!! parce que toi tu lâches ta maille dans un p'tit pavé tu te dis « je vais me mettre bien en vacances posément avec mon épopée de boss à côté le Da Vinci Vode c'est Arlequin au Louvre » donc t'achètes la grosse brique d'Hippocrate pronostic tu l'ouvres tu te dis « hemdoulah les bails vont être présentes mdrr !!!! » et là je te dis frère le bradtrip est tellement au maximum obligé de prendre ta dose de Ventoline et ton Xanax si tu veux pas rager en tongs au camping !!!!! parce que sur les 300 pages vendues y en a que 50 d'Hippopo et c'est écrit que sur la moitié de la page !!!! eh remboursez moi je m'en tape des p'tites notices des fdp de l'Université !!!!

Surtout que sérieusement j'pensais Pronostic ça allait être BeinSport les paris sportifs à la cool vas-y OMPSG ça fait combien et tu gagnes un peu de maille genre manuel de poker toi-même tu sais les protips pour te faire du mobilier en caramel MAIS NON MDRRRR j'me suis fait kène sur toute la putain de ligne !!!!! c'est juste Hipposé il te slame les chtouilles maléfiques en mode rap contender énumération à l'infini des crasses buboniques !!!! et comme si déjà tu balisais pas assez d'avoir plus de dineros à cause de l'arnaque sur le bouquin on te pète le délire vacancier avec des déductions de fou genre c'est Doctissimo dans l'atrium sérieusement le gadjo il a grave craqué de l'hypocondrie anxiogène le schlag ptdr !!!! « tu manges tes crottes de nez ???? ça veut dire t'as le sida !!!!!! » OKLM !!!!!

L'avantage c'est que tu peux faire les tutos chez toi t'as pas besoin de payer 40 boules pour qu'on te prescrive 4 doliprane mdrrr genre par exemple si ta tête tes mains et tes ieps ils sont froids c'est pas bon délire vaut mieux que tout soit chaud c'est comme le cordon bleu chef si c'est pas doré à l'extérieur le fromage il est pas fondant à l'intérieur !!! et si tu attends trop après tu deviens tout chtouillé du froid et t'as le cancer mdrrrr ou genre si tu joues trop à Call of la nuit et que tu dors le jour ça veut dire t'as la peste eh ouais magueule faut pas jouer avec les symptômes sinon eux ils attendent pas le WWE pour te coller un combo !!!!!

Mais crois pas il en reste là mdrrr c'est le bon moment pour placer le délire vomito scato qui fait plaisir !!! le babtou c'est un chaud de la texture excrémenteuse si tu chies pas bien dans son mood il te dit NOT QUITE MY CACA MDRRRR ça veut dire t'as un bubon à l'anus !!!! idem pour quand tu seup ou quand tu vomis si c'est pas dans le bon coloris tu peux rentrer chez toi ça veut dire t'as la jaunisse !!!!! en gros ce pavé c'est ton medikit des vacs faut toujours l'avoir sur toi pour pas te faire kicker !!! la vérité dans Man vs Wild si t'as ça dans ta poche c'est trop OP tellement les serpents ils gardent la pêche contre toi mdrrr c'est ton médecin qui place un salto arrière en faisant une piquouze c'est Antoine de Maximi qui porte des couches et les gros pavés mythos c'est Pronostic.

Pour aller plus loin

– HIPPOCRATE, Tome III, 1re partie : *Pronostic,* Texte établi, traduit et annoté par J. Jouanna avec la collaboration de A. Anastassiou & C, Magdelaine, Les Belles Lettres, CUF, Paris, 2013, 704 p.
– MERCIER (Étoile), *Apprendre le pot à son enfant,* Les Cahiers du Munster, Orange, 1911, 645 p.
– HOFMANN (Marco), *Es bleibt noch viel ?,* Editionen Editionen, Straubing, 798, 583 p.

Le Banquet, Platon

Aiaiaiaiai ça y est magueule on attaque tonton Platon le T-Rex de la sapience occidentale dans Le Banquet un p'tit kinbou pépouze tout chelou qui se prend pour Matrix et la Vache qui rit mentale sans le fromage fondu et sans les uzi alors qu'est-ce qui reste tu demandes bah les gros impers en latex et les récits imbriqués donc pose ton uk et kiffe la sagesse des raptors susu.

Comme à chaque fois avec Platonov t'as le droit à un gros Human Centipede narratif genre là c'est Apollodore qui raconte qu'Aristodème lui raconte que sa reum lui raconte que Kaaris lui raconte Le Banquet aka une petite teuf à la bieng entre richous CSP+ vla le zbeul de maboule !!!! toi-même tu sais que la big star du méchoui infernal c'est Socrate le boss qui retourne les caboches comme un shot de tequila avec ses questions mystifiantes mais lui Soso il se fait pas ièche sérieux il se pointe en retard c'est pas comme ça que tu vas t'envoler avec Izijet mdrrrrr !!! donc là le vieux Sokratès il scotche comme un pélo genre il veut bédave seul tout et Aristodème il le poke genre « bah alors le vieux tu viens t'enjailler à la villa des secrets ??? » et le vieux il dit « nope pars devant » alors l'autre il dit « ok à plus sale rataï !!!! »

Une fois que le vieux se radine on découvre que c'est big réunion de tontons macouille avec fontaine de jaja des gows peu farouches au boule bombé et Mario Party + 8 manettes bon délire les kids !!!! ils vont passer la soirée à faire des battles de slam en s'enjaillant au cratère et vu que ces jet-setteurs de l'extrême sortent déjà d'une teuf de chez Jean Roch la veille ils sont TOUS en mode gueule de bois létale mdrrr donc y'en a un c'est le modo il décide que le topic unique ce sera « Éloge de l'Amour » donc là tu crois que t'es tombé sur un sous-forum de Doctissimo mais pas le choix faut y aller on se jette à l'eau bim bam boum et on commence avec Phèdre !! Pour Phèdre un maximum de bruiiiiiiiiit !!!!!!!!

« ouais l'amour ça fait bien plaisir !!! »

Bon là tout le monde a pigé que Phèdre c'est plutôt une victime donc les kheys enchaînent avec Pausanias qui chille tellement qu'on pourrait l'appeler Poseynias mdrrrrrrrrrr

« alors moi je dis y a l'amour des boss et l'amour des nullos et moi je dis que l'amour des nullos c'est pas bon délire !! »

OK coupure pub ça se passe gentiment t'as les Grecs Salade Tomate Oignon qui tournent et sans transition on écoute un p'tit gars qui fait du standup il nous vient d'Athènes je veux un maximum de bruit pour AAAAAAAAAAAAARISTOPHANE !!!! sauf que Aristophane il a le hoquet ce boloss !!!!!!! on pige quedalle mdr !!!!!!!!!! il a un chat dans la gorge Aristochat !!!!! des barres cacaotées !!!!!!!!!! le MC il se démonte pas il enchaîne avec un babtou tranquille Éryximaque lui c'est simple il s'est pris pour Difool ma parole il prend les auditeurs en libre antenne pour parler sexo sans tabou et il balance du gros rap sans pression les tontons ils ondulent sur le beat mais back from the dead voilà Aristochat qui a fait passer son hoquet avec un pitch !!!! comme il a chaud il sort une vieille fanfic complètement pétée au chouchen local à base d'hommes doubles ronds comme des Pac-Man qui se croient des boss et qui défient l'Olympique de Mars mdrrrrr sauf que Zeus ça le fait pas goleri les Pac-Man dingos donc lui il s'emmerde pas il dit juste « eh les Pac-Man : Zeus ma bite mdr » puis il sort sa foudre et BIM il te marave les culbutos viteuf et les hommes sont coupés en deux et donc l'amour c'est quand tu cherches ta moitié de quand t'étais Pac-Man voilà tout s'explique Milou et là Aristofan2 il pose le mic il est content de lui il retourne bouffer des chips.

Après c'est Agathon qui prend le relais bon bah lui cherche pas c'est FAUDEL en tongs il fait que des p'tites dédicaces charmantes donc là les autres pélos le coupent et le modo il dit « eh mais Socrate toi qui es un gros boss et tout tu vas ptêt nous lâcher ton commentaire ???? » là Socrate il dit « plutôt que de vous donner mon p'tit avis perso je vais vous raconter l'histoire de la sorcière Diotime !!! » là les mecs ils le chambrent oh putain il respecte pas le topic putain il se prend pour qui ce fdp ridé au nez camus ???

Bon l'histoire de Diotime on va pas se mentir on s'en balek sévère mais alors que tout semblait terminé et qu'on allait gentiment vers le générique BIM BAM BOUM qui c'est qui déboule comme un taré dans le boudoir de l'enjaillement entre couilles ? ALCIBIADE !!!! Alcibiade clairement il a pas dessaoulé de la veille et comme c'est un bon rageux de l'amour et qu'il veut niker le boss de la soirée il va faire l'éloge de Socrate donc là il le compare à un silène (?????) franchement je vois pas le rapport entre un vieux trolleur avec un tarin comme un vuvuzela et une petite biatch mi-cabillaud mi-Beyoncé mais bon c'est son délire à Alcibiade alors à la fin on sait pas trop si Socrate accepte de bz parce que tout le monde est pété et lui d'ailleurs il continue à tiser pendant que les autres ils écrasent et puis après il se casse à 6h pour mater Télématin donc voilà c'est la définition impossible de l'amour c'est pipeau baveur et amour éternel + l'infini c'est le jaja mystique qui fait mythonner les darons c'est Pac-Man prédécoupé et les Aristochats c'est le Banquet.

Pour aller plus loin

– PLATON, *Œuvres complètes,* Tome IV, 2e partie : *Le Banquet,* Notice de L. Robin, Texte établi et traduit par P. Vicaire, avec le concours de J. Laborderie, Les Belles Lettres, CUF, Paris 1989-2008, 184 p.

– BEAUJOLIE (Amber), *Socrate le Boss : la biographie autorisée,* Le Discoïde, Vanves, 1932, 1052 p.

– FIORENTINI (Achille), *Gnocchi yum,* Mozza Edizione, Valle Castellana, 1945, 723 p.

Gorgias, Platon

C'est encore un dialogue de tonton Platon le vieux tonton tout bourré qui lâche vla la grosse purée dialectique à la fin du repas quand tout le monde roule par terre comme un culbuto katamari !!!!! comme d'hab' c'est starring Socrate le Boss mais pour cet épisode clairement ça sent la maille les producteurs du Julien Courbet antique ils ont des montagnes de moulah alors ils vont chercher masse de caméos et tout des fonds verts de chez Spielberg ils te font ça à l'américaine this is Hollywood Boulevard et tout !!!! sauf que comme d'hab' ce vieux cul trolleur de Socrate il est à la bourre ça se fait pas !!!!

Donc alors que tout le monde se met bien au Watibulle et jus de tomate premium chez Calliclès y a Socrate qui déboule sans aucune forme de pression alors que le père Gorgias il est en train de poser un slam bien swag !!!! Gorgibus je t'explique le délire à l'époque c'est le daron intestable de la rhétorique de l'ancien temps le moonwalker céleste qui fait spontanément ovuler toutes les gow du monde le rhéteur loveur l'ambianceur des tropes bref le mecha karaba king du standup tout le monde l'écoute et fait WOOOOOOOOOOOOOO°_°

seulement le bail c'est que Socrate lui c'est Kirikou de la dialectique il déboule sans prévenir avec sa p'tite teub à l'air et il enchaîne les petits ponts philosophiques sous les grands compas des rageux du style !!!! donc quand Gorbibus dit que la rhétorique ça fait bien plaisir après t'es un boss et 57 gow de ta région veulent voir ton étui pénien » bah Socrate il dit « mdr que de la gueule les waloufs de la rhétorique c'est comme la cuisine c'est de la flatterie !!! » alors comme ça on dirait que c'est tout pourri mais en langage de philosophie platonicienne ça veut dire « SCUD FATAL DANS TES SEUFS GORGIAS TA REUM ELLE SENT LA SAUCE SAMOURAÏ NIQUE-TOI AVEC TA RHÉTORIQUE DE BALTRINGUE ET FERME BIEN TA GUEULE !!! »

Forcément après Gorgias il cherche à répondre à ce clash impromptu mais il a pas le temps parce que tous ses soldats tous ses p'tits fanboys ouin ouin de la #TeamGorgias ils veulent défendre leur champion ils disent « parle pas mal de gorgy sale FDP au nez camus !!! » et donc Socrate est obligé de les prendre un par un : balayette pour ce gros boloss de Polos mdrrrrrrrrrr coup de pied sauté pour Calliclès et la fatality c'est pour Gorgibus himself BAM KO !!!!!!!

Donc voilà un peu le délire Socrate a bien tapé la bouche au rhéteur de l'enfer et la morale c'est qu'il faut être juste en toutes choses faire de la gymnastique aller à la salle avec ses soss quelques tractions du banc des haltères manger sain finito les chips mec et il faut arrêter la cuisine tonton parce que c'est de la FLATTERIE et ça ça fait pas plaisir c'est Socrate le Coach qui le dit mdrrrrrrr !!! c'est Karaba du nanani VS Kirikou Sokratou c'est stand-up entre couilles et la puissance du discours c'est Gorgias.

Pour aller plus loin

– PLATON, *Œuvres complètes,* Tome III, 2e partie : *Gorgias, – Ménon,* Texte établi et traduit par A. Croiset avec la collaboration de L. Bodin, Les Belles Lettres, CUF, Paris, 1923-2008, 369 p.

– FÉRAIRO-RICHER (Mélisande), *De indignatione,* Cluster, Cergy, 1938, 717 p.

– AMÉHA (Camille), *Du scud,* Presses Universitaires de Quimper, Nevers, 2000, 516 p.

– PIROZZI (Nicola), *La calzone fin dalla notte dei tempi,* Insabbiamento, Ospitale Nel Frignano, 1055, 397 p.

Apologie de Socrate, Platon

Avant en deuxième partie de soirée de l'enfer télévisuel quand on s'enjaillait pas encore avec son bol de Chipsters devant New York Unité Spéciale police judiciaire à téma des cul-terreux en tuxedo tataner le barreau on pouvait tracer en segway jusqu'au tribunal du ter ter pour envoyer des pouces à tous les fdp qui devaient esquiver la guillotine en suçant les teubs des boss de la cité et ça c'était bon délire frère tu pouvais amener ton p'tit kebab posément et la résoi passait à la bien oklm.

Socrate clairement c'était le plus gros cramé du slam judiciaire le type il lâchait rien il avait des fat couilles en titanium à côté Superman il mangeait sa chipo toute molle en rageant mdrr !!! donc j'te pose le délire bogoss Socrate il est obligé d'enchainer les hadoken parce que la cité lui a mis la grosse misère sur son vieux dos de papy en mode « eh le barbu philosophe on va te déglingue avec tous les trucs les plus pétés du code pénal ptdrrr !!!!! » genre « on te voit filer des bonbons à nos p'tits babies à la sortie de l'école !!!! en plus c'est même pas des Krema rageux tu leur files du Marque Repère tu te fous grave de nos gueules !!!! » ou « faut arrêter de kiffer les zobs que tu fais dans la glaise comme des dieux c'est pas bon délire ça on a pas inventé des top models avec des pouvoirs pour que personne les vénère ok ???? »

Mais lui Socrate il leur file walou il reste là 30 jours en zonzon à dire « ok vous savez quoi les cons moi je suis un boss et comme j'suis un boss j'vous en veux même pas d'être tous cons gros respect sur vos mifa allez je lache mon like sur l'Instragram de ta reuss et même pas c'est pour pécho tkt !!! » et à faire du backstab sournois sur les consciences des jurés !!! donc d'abord normal il dit « non non j'ai rien fait m'sieur l'inspecteur franchement j'ai des grosses circonstances atténuantes !!!! » et après comme il voit de toute façon les athéniens ils s'en branlent de ce qu'il bave il dit « ok bon ben au moins me mettez pas une quenelle enflammée à la limite j'veux bien être condamné à m'enjailler au Domac lol !!! » et l'assemblée est genre « WHAAATTTT ???? » gros craqué mdrrr il a bien géré !!!!

Mais les juges c'est en mode balek intégral « Socrate t'es ptête le plus grand philosophe de l'univers mais nous tu sais quoi en s'en tape donc ben on va te tuer lol allez kiss !!!!! » et Socrate à ce moment-là c'est Van Damne il a transcendé le langage il est tous les éléments parce que la morale de dingo c'est que en gros si tu te tapes une injustice de malade toi ça te fait rien t'es immunisé mais par contre ça colle un gros dash cancel dans la ganache des injustes et c'est ça le sérieux badtrip c'est que Socrate il va s'enjailler dans l'au-delà mais les jurés eux ils vont se taper les milles tourments d'Hadès !!!! genre Cerbère il va les manger !!!! pas cool hein loool ???? donc si tu veux pas te faire défonce par le caniche à trois têtes faut bien respecter la vérité et après avoir baratiné mille ans Socrate il dit « ok allez un shot de cigüe oklm et see ya les frères !!!!! » voilà c'est les hipsters de la sagesse c'est Grand Corps Malade à Guantanamo c'est Maître Capello en autotune c'est l'Apologie de Socrate.

Pour aller plus loin

– PLATON, *Œuvres complètes,* Tome I : Introduction, *Hippias mineur, – Alcibiade, – Apologie de Socrate, – Euthyphron, – Criton,* Texte établi et traduit par M. Croiset, Les Belles Lettres, CUF, Paris, 1920-2012, 398 p.

– LIZOTTE (Afrodille), *De Brazzaville à Athènes : la sapologie et Socrate,* Les Post-Bipolaires, Melun, 1940, 1120 p.

– GENOVESE (Geremia), *Come morire come un boss in venticinque lezioni,* Quattro Stagione, Samugheo, 1857, 811 p.

Économique, Xénophon

Xénophon je te le dis tout de go c'est pas un gros cisra qui tatane des SMS avec son iPhone mdrrrrrr c'est plutôt un gossbo grigou grec multicasquette et sandalette le pélo qui mène à la bien les 10 000 dans l'Anabase sacré gang bang j'avoue et en plus il est pote avec Socrate le Boss l'intestable aiguillon d'Athènes ils font des selfies au calme en arrivant au club et quand survient dimanche eh ben Xéno le guerrier se transforme ni une ni deux en king du tuto il chope le mic et il balance la vidéo ultime qui fait bien plaisir !!!! dans cet opuscule nommé Économique t'as cru qu'on allait enquiller le CAC à la cool featuring les Daft Punk du pétrodollar Guy Lagache et Jean-Marc Sylvestre et vas-y que je te tiens la mouillette pendant un set de 5 heures sur le boom du commerce de la harissa mais garde la pêche parce que tonton Xénophon c'est pas ça son délire c'est plutôt soirée M6 chez les Feta Salakis.

Comme à chaque putain de fois tu sais pas ce qu'ils mettent dans la chicha les grecs mais ils sont obligés de faire un dialogue genre ça te ferait ièche d'envoyer les bails direct Xénophon bah oui mdrrrr donc ça piapiate non stop entre Xéno et ses soss Critobulle et Ischomaque et ils commencent en mode Enquête exclusive ils posent un petit slam michto anxiogène sur les combines de bails pour gagner des masses de caramel en ligne !!! mais après c'est pas fini parce que là you're beatifuuuuuuuuuul c'est Karine Lemarchand qui déboule dans un crossover de Sheitan : jardinage velu et pickup artist c'est Silence ça pousse dans le pré mdrrrrrrrrrr donc là Xéno le king de la binette il explique bien à Watibulle et Ischomaque que les tomates ça pousse en été pas en hiver sinon gros zbeul agricole et faut pas louper l'ensemencement du maïs parce que sinon t'es niqué pas de miel pops l'année d'après t'es condamné à 30 mois de cracotte incompressible.

À la fin ça part en délire belle toute nue dans mon manoir Playboy y a même Socrate qui s'incruste OKLM genre « yo dawg askip tu fais un p'tit tuto je peux venir ??? » donc là ils jasent entre waloufs pour savoir comment on gère sa baraque dans les Sim's et si tu laisses ta gow toucher à ta partie Watibulle il dit « ouais c'est bon elle gère ma gow je la laisse jouer sur ma save » mais Ischomaque et Socrate le boss il disent « mdr quel batringue ce Watibulle ta gow tu lui dis des poèmes charmants mais tu lui files JAMAIS ton mot de passe Steam t'es cramé pélo » donc avant que ça se barre en couille Xénophon il calme les esprits de ses soldats autour d'un bon goûter et il conclut que la gow elle gère la propriété mais que toi tu gères le monde extérieur paye ton égalité homme-femme magueule !!!! c'est les tutos make up Silence ça pousse c'est Farming

Simulator chez Kratos joibour c'est le bon et le mauvais chasseur c'est le feu sacré de la ménagère et binette cybernétique c'est l'Économique.

Pour aller plus loin

– XÉNOPHON, *Économique*, Texte établi et traduit par P. Chantraine, Les Belles Lettres, CUF, Paris, 1949-2011, long.

– DU RHEAUME (Alain), *Trente chansons pour fêter son anniversaire,* Les Éditions de l'Azotique, Sartrouville, 1958, 408 p.

– MILANI (Alberico), *Tra olio e aromi : quale ruolo per le sardine ?,* Edizioni del corpo illuminante, Salizzole, 1842, 246 p.

– ROSS (Victoria), *Teenage Mutant Heroe Turtle : what have they become ?,* Automatic Press, Bank End, 1407, 922 p.

Poétique Livre 2, Aristote

La vérité si t'as lu le pavé d'Umberto Eco le dauphin toi aussi tu t'es bien astiqué le berlingot sur le livre 2 de la Poétique de tonton Aristote plus sulfureux que Fifty Shades of Grey et qui se refile comme la cassette dans The Ring limite ça te bouyave la caboche alors que t'as même pas lu deux pages !!!! eh ouais magueule mais nous comme on est des gros bibliobossophiles on l'a retrouvé sur une p'tite clé USB Hello Kitty que le king de la sapience occidentale il avait hacké sur un torrent chelou des Bronzés font du ski !!!! donc en EXCLU MONDIALE on te balance la vérité pure à 99% de crystal meth : le livre 2 c'est parti Milou !!!!! et aboie pas trop fort svp !!! lol sacré Milou !!!!!

Donc dans cette deuxième partie de l'opus fondateur de l'esthétique classicos Aristote il traite de la comédie aka « le bon délire » mais bon comme il a déjà tout donné dans le Livre 1 il se fait pas chier il met l'ambiance direct « en fait tout ce que j'ai dit avant sur la tragédie hey ho eh bah c'était que de la grosse merde looooooooool !!!!! » grosse patate en pleine lucarne olive et tom ils chialent roulés en boule dans les vestiaires de la pensée grecque !!!! mais c'est pas fini parce qu'Aristote il a la chaleur torride de la sangria qui lui retraverse la surface de réparation mentale et il pose LE MYTHO TOTAL qui va transcender la base de la rigolade pour les 3 000 ans à venir !!! il marcelbélivote tous les baltrous qui suivent à la lettre ce qu'il dit !! bref un putain de cramé de théoricien !!!!

Après cette barre aristotélicienne et comme c'est pas non plus un tocard il lâche la purée sur l'idée même de rigolade mais bon comme à chaque fois avec Aristote c'est là qu'il devient vla pète couilles !! donc ça commence par une putain de typologie du délire et là t'as le droit à l'inventaire complet des déconneurs du monde entier : les youtubeurs puceaux les blagues de tonton cisra les blagues de babtou les battle en mode Yo Mamma les charades putrides les putain de jeux de mots d'OASIS tout le monde y passe !!!!

De cette typologie posée il tire un principe qui claque comme une punchline à Kaaris : « le délire est le premier moteur du iolo (c'est ΙΟΛΟ pour les hellénistes sûrs !!!! genre Salakis !!!!) » aussi toujours d'après le Fred & Jamie de la sagesse hellène c'est ça qui enjaille dans les épopées comiques d'Homère comme le recueil « Sens mon doigt Polyphème » et les pièces de théâtre d'Aristophane genre « Athéna Niquait mdrrrrr » !!! mais aussi plus curieusement le délire gore de Kratos le chauve zehef même si reconnaît Aristote « On peut être bon délire et pas bon esprit en même temps !!! »

Après toi normal tu veux du tuto de la rigolade genre comment c'est qu'on fait pour se la taper cette petite barre oklm fdp ???? alors Aristo comme il se fait pas trop chier et qu'il doit retourner faire un ping-pong dans l'acropole il dit « normal si c'est moyen drôle tu dis lol si c'est un bon délire tu dis mdr et si t'en peux plus de ta vie t'as changé ton slipo trois fois tu lésines pas sur les r et t'envoies la marade ptdrrrrrr !!!!! » et là le p'tit puceau il va dire « mais si je me tape pas des barres chef ??? » et là Aristotebag il va dire « eh ben garde la pêche mdrrrr !!!!!! » grosse mise en pratique de sa théorie lui-même si il sait comment les choses se passent !!!

Alors quand même avouez pour finir on peut se demander si ce p'tit livre 2 vaut le coup vu la masse de conneries interstellaires que balance Aristote donc à notre avis il a bien fait de le paumer dans le trou de ses chiottes et que Gutenberg s'emmerde pas à l'éditer en pléiade pour les tubaabs de l'intellect !!!! donc voilà c'est le livre fantôme et Luigi's Mansion c'est Adibou avec une bebar c'est Demis Roussos qui pose un breakdance et le kiff au bon lait de brebis c'est la Poétique Livre 2.

Pour aller plus loin

– Aristote, *Poétique. Tome II*, Les Belles Lettres, Paris, 2035, 156 p.

– Landry-Beaulieu (Victoire), *Typologie de la barre chez Aristote*, W.T.F., Sèvres, 1965, 104 p.

– UDINESI (Annabella), *Ridendo : era tutto in su,* Ortaggio Edizione, Fiumefreddo Di Sicilia, 1249, 367 p.

Bucoliques, Théocrite

Ohlalalala l'embrouille de dingo toi on te dit « Bucoliques » tu penses « délire buco-uro rural de tonton Virgile » eh ben que dalle magueule Virgile vla le carotteur furieux de punchlines alors que le premier à avoir posé son flow bucolique sur la syrinx bombée des muses c'est Théocrite un babtou Sicile la famille !!!! Théo la malice il se fait tèj par le roi Hiéron en mode quête mystique de Zelda donc il s'arrache voir le roi-pharaon empereur du monde big boss Ptolémée voir si y a moyen de palper de l'oseille à la cour.

Théocrite le soleil d'Alexandrie ça lui démonte la caboche donc il est chaud zehef de l'inspiration et bam il veut tataner pour faire des moonwalk versifiés comme Homère le bastonneur divin de l'épopée à la grecque résultat il se lance et il fait un p'tit freestyle pété au papyrus sur le perso le plus badass de l'Odyssée : le Cyclope aka Polyphème le géant chonchon qui se fait démonter par Ulysse parce qu'il lui poke l'œil façon ninja de l'extrême déguisé en mouton il se fait même clasher le cul parce qu'Ulysee lui sort « eh crevard (mdrrrrrr) tu diras à tes soss que c'est Personne qui t'a démonté l'œil » et l'autre boloss il répète et ses sosss ils captent que dalle ça fait bien plaisir ces p'tits quiproquo !!!!!!!! sauf que chez Théocrite vla le 180° sur l'autoroute du style !!!! le Cyclope c'est un narvalo ouin ouin raide love d'une gazelle sous-marine prénommée Galatée et pour l'ambiancer il trouve rien de mieux que de lui promettre des p'tits fromages et des pétunias !!!!!! « Galatée je te kiffe bien alors vla un Kiri et des pâquerettes et puis garde la pêche ma belle !!!! » donc clairement tu piges que Théocrite il prend les persos de tonton Homère et puis il joue au Playmobil avec sans pression et tout le monde est ptdr.

Après tonton Théo il invente une nouvelle ambiance : finito la tatane Game of Thrones les rois la guerre les jaloux les zouz à foison il préfère se poser dans un petit spot pépouze genre Nature & Découvertes et des p'tits gars de la campagne bien feng shui il décrit des paysages de fond d'écran trop beaux avec les noms de plantes que même Jamie il se mord le zboub tellement il sait pas ce que c'est !!!! les schlagos dans les poèmes de Théocrite ils passent leur temps à parler de musique de zouk-love de raï'n'b des OneD en espérant très fort pouvoir pécho des gow avec leur flow alvéolé sur coussin d'air alors pour savoir c'est qui le plus flowté ils se font des battles avec un coach qui les accepte ou pas dans leur équipe manque plus que Nikos la vérité !!!! le meilleur coach c'est Daphnis mais vla le contest bien cheaté son daron c'est Pan le dieu BG qui a inventé tout ça donc franchement ça va pour lui c'est chantilly et yaourt zéro pour cent c'est Enquête Exclusive dans ton potager pété c'est Alexandrie barracuda dans ton slip c'est les Bucoliques.

Pour aller plus loin

– Théocrite, *Bucoliques grecs,* Texte établi et traduit par Ph.-E. Legrand, Tome I : Théocrite, Les Belles Lettres, CUF, Paris, 1925-2010, 228 p.

– Bonenfant (Ansel), *La Merguez party : finie sans braises ?,* Adrénaline(s), Toulouse, 1981, 81 p.

– Marcelo (Luigina), *Una storia diacronica di ruota libera,* L'Umidificatore, Trieste, 1326, 306 p.

La Marmite, Plaute

Plaute c'est l'asticot magique de la comédie latine le grand palpeur tripoteur avec une cothurne noire qui faisait kiffer la plèbe et les richous izi dans l'ancien temps immémorial de Denver le dernier dinosaure du Colisée !!!

Le pitch c'est fastoche pistoche c'est Lyconide un p'tit jeune qui a ambiancé d'un peu trop près à une rave une zouzette qui s'appelle Phédrie et il lui a GHB la culotte résultat BAM un mioche dans la calebasse sauf que le p'tit Luke Skywalker c'est un cœur pur il veut pas tiser et niquer sans conscience parce que c'est la ruine de l'âme tonton c'est pourquoi il va essayer de monter un bail gros comme un Hummer avec l'aide de son fidèle esclave Strobile mais pendant ce temps-là y a le père de Phédrie c'est ce vieux cul d'Euclion c'est la super pince avare genre le Pokémon rageux de l'abstinence dépensière sauf que le bail c'est qu'il y a un trésor dans sa maison une méga marmite chargée de roro alors après y a aussi la vieille servante toute ridée Staphyla mais tout le monde l'appelle Starfoullah mdr elle se fait non-stop rosser à coup de tatanes par ce vieux cul de Clio qui fait des wheelies de jalousie y a des bonnes vannes genre Starfoullah elle demande « eh Euclion pourquoi je devrais faire tout ce que tu dis sale rataï ? » et l'autre pince il dit « parce qu'Euclion est roi mdr » donc tu vois bonne fournée de standupper de la cités aux sept collines !!!!

Après une petite série de quiproquo qui font plaisir tu piges que tout le monde se mythone le uk ça balance des petites punchlines et pendant ce temps-là le dieu Lare il moufte pas mais en pense pas moins ce fdp il ourdit un complot familial et à la fin y a Phédrie qui va démouler son Kinder Maxi qui fait ouin ouin donc ça presse faut que Lyconique il balance la vérité au daron de la belle s'il veut se mettre bien avec le papounet donc il va le voir et puis et puis et puis eh bah OSEF TOTAL MAXIMUS TONTON on a pas la fin de la pièce ! allez au dodo les zouzous lol on sait pas ce qui se passe à la fin abusé sérieux toi tu te chauffes sur un petit pitch vieux de 2 000 ans et le gars Plaute il te trolle le zboub pour pas te raconter la fin mdr c'est Marmiton chez les pinces c'est les dieux lares qui foutent le zbeul c'est les esclaves chauds des bails c'est tout est bien qui finit bien c'est

(manque la fin du résumé mdrrrrrrrrrr)

Pour aller plus loin

– PLAUTE, *Comédies*, Texte établi et traduit par A. Ernout, Tome I : *Amphitryon, – Asinaria, – Aulularia,* Les Belles Lettres, CUF, Paris, 1932-2010, 331 p.

– BOURDETTE (Eliot), *30 recettes pas prises de tête,* Les Éidophores, Marseille, 1988, 218 p.

– SCHIAVONE (Maria Grazia), *Cresce in silenzio sulla Francia cinque,* Edizioni del zanzare, Seveso, 1464, 1095 p.

Théâtre divers, Térence

Patate de forain sur le forum !!!! on s'attaque à l'autre boss du théâtre latino de la latinade Térence à ne pas confondre du groupe comique Térence et Philippe les tontons pétomanes de Toronto Tabernacle et poutine de Caribou !!! Térence en fait c'est son pseudo skype son vrai blaze c'est Afer comme dans « 92 F.A.R. y a rien Afer mdrrrrrrrrr » et cette posture de balekologiste est à l'oeuvre dans toutes ces pièces michto pour une seule raison : la contaminatio.

La contaminatio je te parfume viteuf c'est quand tu prends des p'tits bouts de trucs sur YouTube et que tu fais des mashups bien cheatés qui balancent la pâte comme un dingo de Tasmanie et lui Afer 1er le Balekos numero uno il se fait pas chier il fait « clic-droit sauvegarder tout » sur les pièces de théâtre de ses gars sûrs Carystos et surtout Ménandre le stand-uper grec avec un blaze de compote ça c'est fort de fruit beau gosse !!! donc en hommage à Térence on va faire une contaminatio sur tout le théâtre de Térence histoire de bien s'ambiancer la ridule on va faire EBOLA dans ton gros BUDÉ teste un peu le fat résumé de l'improbable synthèse :

« c'est un esclave et un parasite bien crevard qui fait rien qu'à péta de la maille d'un richou complètement teubé qui veut pas marier son fils puceau ils vont voir les putes pour retrouver une courtisane bien gaulax mais qui en fait était la reuss à un pote à eux mais qui a été vendu sur Le Bon Coin par des pirates chelous contre une savonnette de shit dissimulée dans le slip d'un vieux cul barbon qui se fait dépouille par sa servante ultra vieille mais qui en fait on apprend que c'est la mère de la reuss à l'esclave alors y a le fils du vieux cul qui tombe raide love d'une meuf du bordel mais qui est pas la courtisane du début alors il met en place un stratagème pour que son daron le laisse épouser la gow qu'il avait déjà niquée mais il savait pas que c'était pas une pute en fait et la courtisane qui était sa pote croyait aussi que le minot voulait la ken elle et pas la jeune donc sa cousine entre dans le bail et elle dit à un soldat avec une grosse teub et une épée hyper badass que le minot en fait c'est un eunuque qui ment à tout le monde les soirs où y a match et que c'est retransmis et que le vieux cul barbon qui avait eu un fils aussi d'un premier mariage et qu'il avait jamais revu eh bah en fait ça se pourrait que ce soit le parasite (ancien pirate vendeur de shit) donc après le soldat il matamore sévère devant tout le monde histoire de bien impressionner les zouz et puis hop il se planque en mode scoubidou dans un vieux sac histoire d'avoir le cœur net et à la fin il sort du sac il dit « AHA les cons !!! vous croyiez me bz mais c'est moi qui vous bz !!! » et après tout le monde a peur mais ça se finit

par un mariage du minot et de la zoulette ex tepu qui était sa cousine en fait the end. »

Tu trouves ça abusé ???? mais tonton Térence il s'en balek on te dit il est sans pression du début jusqu'à la fin d'ailleurs y a pas la fin mdrrrrrrrrrr !!! c'est « J'irai coucher avec vous ce soir » et instinct de nature c'est les prologues qui dansent le moonwalk sur la tête du poète Rageos 2000 c'est les vieux culs avares et les petits flatteurs crevards c'est le théâtre de Térence.

Pour aller plus loin

– TÉRENCE, *Comédies*, Texte établi et traduit par J. Marouzeau, Les Belles Lettres, CUF, Paris, 1942-2003.

– LACHANCE (Orva), *Postérité de l'œuvre de Térence,* Les Éditions de l'édition, Baie-Mahault, 2001, 880 p.

– DAVIDE (Celeste), *Manca estetica : bibliografia di gap,* Panenka, Ragazzola, 1073, 119 p.

Épigrammes, Martial

Martialito il débarque il est gâché faut le comprendre magueule tous les boss de la littérature antique ont enchaîné les purs chefs-d'œuvre à te dépuceler les vierges en rafale tellement ça transcende ton quotient intellectuel et il reste plus rien d'autre à foutre que de rager parce que tu peux plus pécho personne et que t'as plus qu'à te tripoter le spaghettos en solo devant des boulards bas de gamme !!!!

Mais crois pas Martial il lâche l'affaire il se dit « ok vous savez quoi les rageux ??? puisque personne veut se lancer dans le délire littéros maintenant que toute la daronnerie latine nous a roulés dessus ben moi je vais faire une prise ninja en perfect je vais sortir de nulle part pour poser mes punchlines sexy et on va voir qui c'est le boss du Youporn jeu !!!!!! » et en fait c'est genre le précurseur de Twitter le babtou barbu il fait des hashtag bien racoleurs tous les romanos font du djembé tellement ça tatane dans tous les sens !!!!

Mais là où son délire est posé c'est qu'il enrobe ses punchlines d'obsédé d'une fine couche de style joibour !!!! en fait c'est en mode mon chéri à l'extérieur c'est tout tigen ambiance Club Med colliers à fleur et Thierry Lhermite en string donc t'es chaud tu croques dedans mais là c'est tout poissard à l'intérieur à cause de la vieille liqueur craspec mdrr !!!! comme j'ai pas la force de te résumer ses 1 milliards de punchlines je vais te dire en gros c'est quoi l'ambiance de ses scuds et comme ça si t'aimes bien ses délires de fdp tu pourras aller moonwalker avec lui et fais pas la gueule c'est deux lignes !!!!! tu seup un épigramme tu grailles un épigramme tu cunis ta gow un épigramme voilà izi la culture ptdrrrr !!!!!

Du coup il envoie ses scuds shurikens sur les débauchés du zob ou ceux qui kiffent la maille après aussi il se tape des barres sur la ganache des grosses zouz des anorexiques zouz des vieilles zouz qui veulent le pécho des pds qui se font des p'tites levrettes dans les temples des zouz qui veulent pas lui sucer la teub en fait son délire c'est de clasher tout le monde genre le p'tit chien qui passe à côté de lui il le clashe le p'tit oiseau il le clashe la fleur il la clashe le caillou aussi même l'air il le clashe même lui il s'auto clash tellement il a plus personne à clasher mdrr !!!!!

Et c'est ça la vraie daronnerie c'est de pas te prendre des coups de pression par les épopées non non tu peux aussi placer ton slam sexuel en deux deux et défoncer tout le monde genre sur le ring tout keuss tu te radines tu places un body slam sur un sumotori et tout le public fait la hola on jette du pop corn sur le ring et même tout le monde se casse des chaises sur la tête tellement ils sont dingos du show !!!! c'est pas compliqué c'est

Philippe Etchebest sur la troisième corde c'est les p'tits scuds en loucedé et la société romaine qui se fait mettre la misère c'est les tags de porns dans des souliers de satin c'est les Épigrammes.

Pour aller plus loin

– MARTIAL, *Épigrammes*, Texte établi et traduit par H.-J. Izaac Les Belles Lettres, CUF, Paris, 1930-2003.
– BELETANG (Coralie), *Sur la tête des jaloux : étude comparative,* Golygone, Castres, 2002, 664 p.
– BARESE (Orsola), *Mescolando tutto e gusto dopo,* Focaccia di inferno, Chiaravalle, 2007, 738 p.
– CALABRESI (Ippolito), *Thierry Lhermite e il terribile mostro bacio,* Disco-Italo-Disco Edizione, Forcella, 1757, 690 p.

De la nature, Lucrèce

De natura rerum rum dans mon turbobolide !!!!! eh j't'arrête tout de suite Schumacher avec ta formule 1 de l'extrême ici on est pas là pour se gratter les morpions le dimanche matin devant Automoto de mes seufs à applaudir la direction assistée du gogolito conducteur dans les virages !!! on va plutôt se faire un délire naturokiffeur à sentir les pissenlits et à humer la bonne p'tite profondeur de la vérité des arbres c'est ça la oij de Lucrèce c'est de te dire pourquoi t'as deux couilles pourquoi les poules ont pas de chicos et pourquoi tu marches toujours pieds nus sur les bogues de chataignes eh ouais la grosse introspection dithyrambique du saule plaureur !!! pleureur !!! je sais jamais mdrrr !!!! du saule poseur alleeeez !!!!!

Lucrèce pas con il s'est dit « ça va bien emmerder tout le monde mon sujet de boloss donc je vais te faire une tambouille bien croquante gourmande qui me ressemble pour sublimer le délire !!!! » et Jean-François Piège il a rien capté tellement on lui a fait bouffer du hachis au micro-ondes susu de la nature c'est la verrine aux crevettes que tous les invités boulottent en larmes à ton mariage !!! Lucrèce il a tartiné son doux miel poétique sur nos boulards le schlag on a rien vu mdrrr !!! par contre gros pouce rouge du plagiat lui aussi il parle à son soss comme nous dans son quinbou ça faut pas faire chacun son délire mais tu copies pas le délire des autres c'est pas du beau jeu tu crois tout le monde peut maitriser la panenka ????

Donc il a plusieurs tites théories pas piquées des hannetons genre les atomes là les mecs ils l'ont regardé en mode « le gros craqué il a cru on était fait de boules qui flottent au pif et se bastonnent dans l'espace mdrrr !!!! » mais Lucrèce il a pas ragé il a dit « ok vous croyez je suis con mais on verra c'est qui qui sera con dans deux siècles !!! » les autres mecs ils ont dit « on s'en branle on sera tous morts !!! » et Lucrèce il a dit « javou !!!!! :ppp » parce qu'il aimait bien délirer aussi il dit évidemment les tites boules elles vont pas partout comme elles veulent sinon toi t'aurais une teub de castor et Richard il aurait des bras de chien et avant y avait des animaux chelous mais ils ont tous crevés parce qu'ils étaient pas viables et maintenant y a nous qui sommes pas mal viables toutes options GTI oklm quoi !!

Tout ça c'est pour se mettre bien Lucrèce il dit juste « tu manges un Bigmac un Sprite posé allez un pansement sur ton aphte si t'as bobo et voilà après le délire est à toi frère !!!!! si t'as les boules de moonwalker dans le ter ter c'est dans ta ganache qu'il faut régler le problème sois Rocky upercut dans le seum !!!! » et BAM tu deviens dr. ataraxie le Drake de la yombance !!!! mais pour ça faut pas bouyave et faut pas faire ton zamel devant la faucheuse et aussi faut arrêter d'écouter les gros boloss de politiques qui roulent sur la maille et claquent leur caramel alors que toi tu trimes comme un fdp ok ??? donc fais des raclettes avec tes khos joue à la pétanque dans ton tieq et voilà c'est ça la vraie life de boss !!!!! 7 400 hexamètres dactyliques pour dire qu'il faut enjailler son barbeuc le Lucrèce il s'est pas foutu de notre gueule !!!!! voilà c'est Stéphane Plaza sur son transat c'est la sérénité en costume requin et les emojis abricots qui ressemblent à des culs c'est Heidegger à la bien c'est De la Nature.

Pour aller plus loin

- Lucrèce, *De la Nature,* Texte établi et traduit par A. Ernout, Les Belles Lettres, CUF, Paris, 1920-2007.
- Degroute (Marcel), *Un la nature,* Yvoir, Gennevilliers, 2011, 786 p.
- Trentino (Arcangela), *Trois la nature : ripetere umorismo,* Panna Cotta Club Del Libro, Todi, 1382, 1181 p.
- Smart (Gabriel), *Mixtape & fireproof,* University Press of Edgar Allan Poe-Poe-Poe, Hademore, 1674, 514 p.

Catilinaires, Cicéron

Cicéron c'est le scudeur fatal plus rageux de la tatane faut se lever tôt !!!! le babtou son délire c'est d'enchainer les balayettes sautées oklm en mode Jet Li de la jupette BAM il rentre dans le game de la peine fatale CONSUL BOUYAVE VOL 3 c'est le nom de sa mixtape tellement dessus y a que des hits juridiques trop sales !!!! son premier single c'est les catilinaires 30 000 000 de vues sur youtube Vevo a déjà signé tous ses contrats de buzz sur dix siècles depuis le Studio Bagel rage dans son open space mdrrr !!!!

Le délire des catilinaires c'est de mettre la misère à Catilina un gros fdp sans race qui était dans son p'tit délire bonne ambiance je vais retourner Rome comme ta mère e. honda Street Fighter les milles tourments du sumotori CATATATATATA Kentilina le survivant !!!!! mais il s'est fait chopper il a rien pu faire ptdrrr !!!! tellement il était pressé de mettre la misère Cicéron il a même pas suivi la tradi du discours il a tout enchainé starfallah la vérité balec' des limites j'casse tout dans ta maison !!

Déjà au départ comme il a aucune tiep il dit à Catilina « tu vas garder la pêche bien comme il faut rataï et on va t'exiler pépouze dans le trou du cul des limbes de l'empire !!!! même pas on va te buter sinon ça serait trop bon délire pour votre corpo de schlags alors tu vas prendre tous tes p'tits srabs par le coltard et vous allez vous enjailler à DisneyLand Paris jusqu'à votre mort ok merci !!!!! et ragez pas svp !!!! »

Mais Cicéron il s'arrête pas là ensuite il slam de dingo pour faire kiffer les politiques qui se font grave chier dans le sénat la vérité tellement y a pas d'ambiance eh les fdp on va s'enflammer un p'tit peu la justice elle est où là allez OBJECTION mdrrr en mode Phoenix Right le p'tit Cissou !!!!!! il démonte toute la team de Catilina qu'est dissimulée en scred comme des vieilles Tortues Ninjas antiques dans le ter ter alors d'abord y a ceux qui veulent être les kings de rome après les chtouillés du zob après les traders qui spéculent sur le sesterce après les anciens richous enfin on va pas se faire chier plus longtemps à tous les lister sérieux le délire c'est que Cicéron il fait ça c'est pour sauver les citoyens tigens franchement gros zizir à toi tiens un snap dédibite bonhomme !!!!!

Il démonte tout le trafic comme un boss personne peut le test c'est Batman en sandales !!!! tous à la chevalomobile !!!!! au char quoi ptdr !!!! et en avant vers les aventures Robinus !!!! enfin bon comme c'est un p'tit keum modeste Cicéron quand même il dit que c'est les dieux qu'on tout fait et que c'est eux les seuls vrais boss de la justice divine et qu'il faut que tous les citoyens leur fassent un gros big up et qu'ils sacrifient vla les chèvres pour les faire kiffer et aussi qu'ils se souviennent bien du procès dans leur futur pour pas refaire les mêmes boulettes deux fois !!! c'est ça la leçon c'est de pas mettre trop de sauce piquante deux fois sur ta calzone si ton bidou il digère pas la purée !!!! c'est les doigts tendus tels des sceptres pourfendeurs c'est les dieux qui se touchent et choppent toute la gloire c'est le consul en Segway c'est les Catilinaires.

Pour aller plus loin

– CICÉRON, Tome X : *Catilinaires,* Texte établi par H. Bornecque et traduit par E. Bailly, Les Belles Lettres, CUF, Paris, 1927-2011, 160 p.
– ESKA (Ray), *10 coins à champignons incontournables,* Les Tortillas congelées, Tremblay-en-France, 1432, 465 p.
– PINTO (Bianca), *La passeggiata lunare nella tradizione orale egiziano,* Ridere e sorridere, Strevi, 1930, 646 p.

Guerre des Gaules, Jules César

J'vois déjà les babtous s'enjailler sur le titre « starfoullah baston de zobs !!!!!! » eh les fdp vous allez arrêter de vous ambiancer comme ça sérieux c'est pas ça le vrai délire du généralissimo César c'est pas de se toper le bâton d'encens avec ses soss en mode high five pénien !!!!! nope lui son kiff c'est plutôt d'aller tatane la terre entière et ensuite d'écrire dans son p'tit journal intime de boss « alors voilà comment j'ai tatane la terre entière avec mon armée de centurions les Helvètes ils ont tous tellement gardé la pêche mdrrrr Astérix il a pris cher dans son cul de moustachu !!! »

Comme c'est un gros bordel et qu'ils ont tous des blazes à coucher dehors j'espère que tu vas pas trop te paumer et sinon ben tant pis lool !!!!! faut pas trop en demander magueule !! donc déjà César il précise que ses ennemis c'est des boss histoire de bien se faire ssémou la prostate mais c'est comme dans Fifa tu préfères tatane un Barça hardcore que l'AJ Auxerre oklm c'est normal t'as plus le respect des frères donc il dit « les Gaulois c'est des boss les Belges c'est des boss les Helvètes c'est des boss aussi tout le monde c'est des boss tiens je lâche mon bon point ça fait plaisir toi aussi tu veux du boss allez tiens c'est cadeau !!!!! »

Donc une fois qu'il a bien dit avec sa stratégie de pervers que tout le monde c'était des boss César il se pose là il va déboîter les seufs de tous les boloss occidentaux !!! d'abord il en peut plus de sa race de Stéphane de Groodt avec ses p'tits jeux de mots de cassos donc il fait un sitting devant la Belgique en mode « s'il arrête pas de nous bolosser je vous défonce tous !!!!! » et Stéphane il a cru il était chaud il prend son mégaphone il balance « César...ienne !!!! comme l'opération de l'accouchement mdrrr !!!!! » et César il dit « non :-| » et dans une zéhefitude ultime il lui place une balayette sautée et ensuite il va bouyave tout le pays ptdrrr zéro self control et voilà tant qu'il est y il casse même un peu la gueule aux pauvres étrangers à côté qu'avaient rien demandé genre c'est le rab de la cantoche mais en coups de tonfa sur les boules !!!

Après comme il a bien niqué toute la terre il se dit « ok bon ben maintenant je vais tatane sur l'eau !!! » et il fait des grosses stratégies Age of Empires pour péter tous les porte avions des vénètes enfin je vais pas te baratiner tonton toi même tu sais César c'est veni vidi vici « je déboule je tatane je me casse » il manque de respect à tout le monde même pas il utilise ses deux mains pour bouyave tous ces fdp de barbares MAIS LÀ y a genre son némésis fatal Vercingétorix qui dit « je vais te veni vici sur ta p'tite ganache de rital !!! » et ils se lancent dans le marathon du cassage de gueule ça dure des plombes tout le monde crève autour d'eux c'est le mauvais délire maximal l'ambiance est complètement pétée le dj passe même plus la macaréna les vieux tontons commencent à balancer les blagues de cissra jusqu'à Alésia le summum de la giclette machiste !!!!

César il met ses lunettes d'Inspecteur Gadget qui donnent la vision totale du champ de bataille il analyse jusqu'au bout il sait même à quelle heure Vercingéto il va seup et tout c'est du gros délire mdrrr !!!!! mais finalement comme ça le fait chier de rester là à rien foutre il dit « ok vous savez quoi les frères ???? on va taper dans le tas et ça va passer !!!! » et ça passe putain le chateux le mec no stratégie allez YOLO tourbilol les jaloux vont maigrir !!!! et voilà comment il pose son steak ensuite il domine son domaine il dit « tentez rien les gaulios sinon je vous mets la branlée bis !!! » et là tu crois c'est bon délire pour lui jusqu'à sa mort mais non parce que à trop tataner les étrangers il a oublié Rome et c'est la grosse misère pour lui là-bas lool !!!! donc voilà c'est Alain Delon avec un casque c'est les moustachus qui glissent sur leurs boucliers c'est Street Fighter en 1 VS 1000000 et la conquête avec des Panzanis c'est la Guerre des Gaules.

Pour aller plus loin

– César, *Guerre des Gaules,* Texte établi et traduit par L.-A. Constans, Les Belles Lettres, CUF, Paris, 1926-1995, long, avec des cartes et des index.

– Tessier (Tempeste), *Pour en finir avec la gariguette,* Les Éditions du Balek, Dunkerque, 1276, 649 p.

– Onio (Prisca), *Giulio Cesare : prodotto puro Breton ?,* Edizioni del U.F.O., Argignano, 1998, 788 p.

– Thornton (Ella), *Unleash Your Inner Dinosaur,* Battles & Pirates, Pen-Y-Cefn, 1961, 1200 p.

L'Amitié, Cicéron

Cicéron il connaît la vraie puissance des sheguey dans le ter ter il pose sa grosse puissance chamanique de l'amitié que personne peut tester du coup y a son soss Atticus il dit à Cicéron « la vérité Cissou tu devrais poser un p'tit slam sur la bromance vu comme tu gères dans le délire entre couilles !!!!! » et Cicéron il dit « t'es pas le dernier des fdp toi je vais écrire un traité de boss sur la bromance et sur le vrai sens de la vie et on va se faire du sesterce à plus savoir quoi en foutre looool !!!!!! »

Donc il se fait un multijoueur avec trois persos aux blazes pétés jamais personne les choisis dans Super Smash Bros alors qu'ils ont des attaques secrètes bien cheatées à côté Mewtwo et Mario ils poussent leur fauteuil roulant à 180% de dégats mdrrr !!!! c'est Lælius Sapiens Scaevola l'Augure et Caius Fannius Srabo lol j'avais prévenu les tontons fallait pas se laisser déconcentrer !!! dans la préhistoire ils étaient chauds du pseudo à rallonge c'était ça le vrai enjaillement onomastique on était pas tous comme des glandus à s'appeler Gérard ou Jean-Claude !!!

Au début on croit Cissou il bégaie parce qu'il répète toujours le même délire mais ça c'est juste pour que tu piges bien l'ambiance et que tu te fasses pas embrouiller sur ses intentions platoniques !! Lælius au bout d'un moment il dit « la bromance c'est le kiff ultime dans une vie de babtou genre le nirvana du barbecue c'est ça qui met le p'tit assaisonnement posé sur tes nuggets » mais la condition obligée pour apprécier la bromance c'est d'être genre oklm avec tes frères et de pas chercher le zbeul à chaque fois qu'on te place un taquet !!! faut pas rager si tu veux t'enjailler !!!!

Mais attention tonton la bromance c'est pas que quand y a des p'tits coqueliquots dans ton cœur de srab fragile ou quand y a un soss avec la PS4 qui t'invite pour un FIFA avec des chips au guacamole nope même si c'est la galère ultime et qu'on a chourré le pot ninja de ta 50CC faut garder la pêche et c'est là que tu verras qui c'est tes vrais sheguey la vérité !!!! et les gros richous qui brassent la maille sur les boulis des gow eux c'est des rageux parce qu'on kiffe leur biff et pas leur délire et ça c'est pas la vraie bromance qui fait zizir !!!

Aussi y a un tuto pour garder la puissance de la bromance en soi « du zizir pas d'embrouilles !!!!! même si t'es pas d'accord faut garder la pêche !!!! fais pas des trucs de fdp genre brûler des maisons !!!! et voilà !!!! » ptdrrr cimer Jérome Niel tu peux retourner dire salope sur Canal+ si c'est pour rien baver comme ça !! sérieux c'est bros before hoes son délire eh Cissou t'avais pas besoin de nous baratiner ta philosophie alors qu'on te le fait en une phrase lool !!! c'est Batman et Robin en caleçif à fleurs et Barney Stinson avec un bob Pastis 51 c'est le jeu de la biscotte où chacun mange sa part c'est Hélène et les babtous c'est L'Amitié.

Pour aller plus loin

– CICÉRON, *Lélius, De l'amitié,* Texte établi et traduit par R. Combès, Les Belles Lettres, CUF, Paris, 1928-2011, 133 p.
– DAVIAU (Searlas), *L'Amitié : une bromance ?,* T.M.T.C, Vénissieux, 1111, 358 p.
– PALERMA (Eulalia), *Avere un buon amico,* J.P.P. di sollievo, San Colombano Certenoli, 101, 337 p.

Poésies, Catulle

Catulle la vérité c'était le Kmaro antique mh mh donne moi ton corps ton funk bébé stp merci ça fait bien plaisir cette petite transaction corporelle mdrrr !!!! tellement il était chaud de la baise il a claqué même pas trente piges chtouillé des poumons lol allez bim la phtisie faut arrêter de niquer comme dans Fifty Shades of Grey si tu tiens pas la cravate faut un gros level pour kiffer le sexe acrobatique mdrrr !!!! enfin lui au moins il a pas sorti ses tubes sur NRJ comme les fdp modernes à te péta le cerveau tellement t'en peux plus dans ta GTI d'écouter les vieux sons pourraves vu que ton autoradio elle capte rien ptdrr !!! non non magueule il a posé tout son délire en poèmes eh ouais c'est ça d'être lover tu vas jusqu'au bout du swagg et t'enjailles les gow avec tes rimes massives miskina !!!!

Donc ben c'est pas compliqué ses poèmes c'est « j'ai baisé une gow et une autre et en fait je fais que ça lol je baise plein de gow toute la journée c'est ça ma tite vie !!!! pendant que toi tu rages sur Pornhub avec ta mimolle mdrrr !!!! » mais son love du love genre le climax de son love c'est pour une chagasse lesbie lesbos qui snouffe de la schnek et du symbole phallique telle une pute !!!! mais Lesbia elle lui fout la tête à l'envers à Catulle l'hexamètre dactylique il lui met une bifle totale tellement sa teub elle fait des 360 à l'air libre il assomme tout le monde avec son gros membre tendu la vérité !!! « oups désolé pour le cocard monsieur !!!! » « non c'est pas une banane madame mdrrr !!!! » « tu la sens mon élégie ???? ptdrr j'en peux plus de toutes les barres qui sont tapées !!!! » enfin voilà la routine quoi.

Et sinon ???? ben il pose des scuds !!!! déjà César il peut pas l'encadrer il lui met le plein dans sa zehefomobile sans plomb tellement il trouve que le romanos c'est un gros arriviste en gros tout ce qui y a à clasher Catulle il clashe clairement il avait perdu le respect c'était du hashtag indignation hashtag tu vas avoir des problèmes hashtag lol hashtag directioner mais ça c'est normal c'est qu'il est trop nostalgique du gros kiff de l'ancien temps genre encore plus ancien que le sien genre les dinosaures quoi !!!! trop nostalgique de chevaucher les tricératops mais javou ça devait être tellement l'enjaillement halala !!!!! donc voilà Catulle c'est ça il est tiraillé par les dinos genre les vélociraptors et il kiffe ce paradis perdu de l'enjaillement de l'Eden préhistorique et en même temps il doit faire avec son univers présent tout gâché c'est pour ça grosse ambivalence kiff / scud c'est hyper profond !!!! 18 au bac de latin avec cette analyse magueule !!!! donc voilà c'est les mots bleus tout tristes c'est le spleen de la pine c'est Jurassic Park sur une couche de latinade c'est les Poésies.

Pour aller plus loin

– CATULLE, *Poésies*, Texte établi et traduit par G. Lafaye, Les Belles Lettres, CUF, Paris, 1923-2002, 226 p.

– PLANTE (Jewel), *Le Mythe du démarrage en côte,* Presses Universitaires de Copacabana, Stains, 543, 120 p.

– ROSSI (Tranquillo), *Lirismo e canguro slip,* Tira Misu Mio Dito Edizione, Genova, 95, 1127 p.

Bucoliques, Virgile

Au début j'ai cru Virgile il allait nous poser deux alcoolos en train de pitancher sévère et s'enjailler sur un gros zbeul narratif mais non j'avais mal lu le titre mdrrr !!!! trop de jaja c'est pas bon ça !!!! donc en fait les bucoliques c'est des paysans qui s'emmerdent et qui commencent à baratiner sous les arbres pendant que leurs moutons se la mettent en mode 2 guys 1 horse !!!!

Les deux premiers cocos Tityre et Mélibée c'est des gros rageux des familles Mélibée il s'est fait péta son domaine de boss maintenant il est là à rien foutre comme un con mdrrr et il pose un vieux slam tellement il est gâché alors que Tityre lui il a vla les champs c'est genre les deux opposés de la propriété tavu !! ensuite y a deux autres babtous homos Corydon et Alexis Corydon il est complètement en chien sur Alexis il lui fait des déclarations de malade mais ensuite il se flagelle l'entre-jambe parce que c'est pas bien d'être homo c'est pas pur j'peux te dire frère les cis het à l'époque ils faisaient la grosse tyrannie du zob sur tous les autres citoyens qui voulaient ambiancer leur délire perso du slipo !!!! et à la fin y a Ménalque et Damète qui jouent à The Voice karaoké qui sait qui chantera le best allez pousse la chansonnette Danète !!!! fais nous ta spéciale sauce au chocolat mdrrr !!!!

Comme il en a marre de son délire Virgile il dit « stop les cons fini d'être tous gogoles sur M6 on va s'élever dans la transcendance de la sérénité je vais vous caler gentiment l'âge d'or littéraire entre vos deux seufs ça va bien vous sublimer l'orifice !!!! » et il fait des double jeux genre avec Daphnis qu'est une espèce de double fragile de César qui a claqué dans la détresse et sur lequel Virgile s'enflamme de ouf à lui faire un testament en mode gravity on va tracer sur les comètes comme Gromit dans sa fusée !!!! sauf que Virgile il tient pas la pression de l'âge d'or il peut pas s'empêcher de raconter les tites vies relous des bergers genre Silène qu'est capturé par deux paysans et il est obligé de slamer pour raconter la création du monde la vérité c'est Stromae sous amphet !!!!

HOLALA mais sérieux après ils font que chanter !!!! allez p'tit solo parce qu'on a perdu sa zouz parce qu'on est friendzoné parce qu'on pointe à Pôle Emploi parce que y a plus de chips barbecue au Carrefour City parce que j'ai coincé mon agrafeuse parce que mon sac poubelle est troué eh sérieux Virgile faut se respecter on peut pas se la jouer Francis Cabrel parce que t'as avalé ton chewing gum !!!! c'est Vladimir et Estragon qui envoient des dickpics à Karine Le Marchand c'est les rap contenders avec des punchlines tigens c'est Monsieur Seguin polymorphe c'est les Bucoliques.

Pour aller plus loin

– VIRGILE, *Bucoliques,* Texte établi et traduit par E. de Saint-Denis, Les Belles Lettres, CUF, Paris, 1942-2005, 171 p.

– VADEBONCOEUR (Solaine), *Catalogue des vins de la Loire,* Les Éditions du Troché, Malakoff, 1515, 187 p.

– RIBEIRO (Bruna), *O pequeno guarda-chuva : as origens da pinacolada,* Edições biquíni, Salvador, 1845, 480 p.

L'Énéide, Virgile

In medias res tu captes rien à ce qui t'arrive c'est genre Twister sur l'océan Pacifique Énée le p'tit babtou héros il était à deux longueurs de couilles de toucher l'Italie et là BOUM la grosse MILF de Junon lui fout un ouragan tortueux sur le uk et il se retrouve chez les gros mameloukes lybiens pendant le printemps arabe il poste des twitpics et ils tracent tout de go à Carthage où ils vont voir une petite bimbo tyrannique Didon qui a un gros crush sur Énée « eh Didon toi tu serais pas en train de tomber amoureuse mdr !!!! » et après Énée lui déballe sa life.

Là Énée vu que c'est un troyen il raconte comment il s'est fait enfler le cul par Ulysse avec son dada en bois la ruse maudite sa reum gros saccage barbare c'est Apocalypse Now dans les tranchées berbères ma gueule et du coup Énée il capte rien du tout parce qu'il avait son casque Beats by Dre sur les oreilles avec le dernier Kendrick Lamar à donf BACKSTREET FREESTYLE YO et du coup il va en Crète le gros bouletto alors on lui dit de se casser et il le fait lol le gros sousou !!!

Didon elle s'en fouettait la teuch de ce qu'il disait Énée elle téma juste ses gros biceps bien huilés qui se gonflaient style han han hmmm et Énée il la kiffe bien mais bon Mercure lui dit « c'est pas ton tiéquar ta vie elle est en Italie avec la Youv et le Milan AC pélo » du coup il met les voiles sur son bateau à moteur et Didon a tellement le seum qu'elle se jette dans les gouffres infinies de la mer caspienne eh ouais c'est ça l'amour maudit négro et finalement ils vont sur plein d'îles faire des p'tits jeux olympiques avec Astérix et gagner des médailles.

Et là crois-moi pas si tu veux mais Énée il se la joue Dante's inferno il va direct dans le trou de l'enfer on sait pas quoi foutre et là c'est ouf il voit tous les descendants de Rome genre Romulus Romus Augustus tous les mecs en « -us » y a même anus PTDRRR !!!!! mais aussi qu'il doit foutre la zermi sévère pour avoir la prospérité izi !! et là c'est Call of x Ace of mythology qui commence Énée il prend du max amo il va chercher des alliés des cavaliers des bateaux il tape O CANADA 100 fois pour avoir des ours avec des lasers et des singes.

Énée commence par mettre le feu aux rotules à Lausus à Mézence en gros à tous les keumis qui lui touchent l'épaule mais il reste juste Turnus le gros rataï latino c'est genre Régis le rival de Sacha du bourg palette indétronable mais v'la péteux les deux camps se mettent sur la chetron et finalement au bout du bout Énée a son gros glaive ardent au bout de la chetron de Turnus et là il chiale comme un ouin-ouin « non me tue pas pliz on fera un PES et tu pourras prendre le PSG !!! » « non j'm'en balek lol ! » et il lui dézingue proprement la caboche avec un gros coup dans la gencive et voilà ça finit comme ça mdr le gros cliffhanger style Homeland t'as rien capté négro c'est la perte méditerranéenne les zouz à l'abandon sur les dadas à bascule et la tatane monstrueuse d'un cheater michto c'est L'Énéide.

Pour aller plus loin

– VIRGILE, *Énéide*, Texte établi et traduit par J. Perret, Les Belles Lettres, CUF, Paris, 1977-2012, mille pages et plus.
– CORBIN (Manville), *L'Art du poke à l'âge baroque,* Les Éditions de l'Azotique, Vincennes, 1853, 136 p.
– PATTERSON (Cerys), *A Tribute to Franky Light the earlier,* Double Dodge, Hatfield Heath, 1965, 524 p.
– CARDOSO (Cauã), *Ei você vai bastoner todos !,* Editoras universitárias de Quimper, Coronel Fabriciano, 1954, 641 p.

L'Art d'aimer, Ovide

RESPECTE LA TEUB !!!!!!!!! aujourd'hui c'est le Noël des puceaux gros feu d'artifice mental pour les toukens qui chopent pas de gow on va bastonner sur Ovide alias Pierre Naso le pick-up artist tellement chaud et skillé qu'il se lève des pyramides de schnecks avec un blaze de Pokémon français sérieux GG Naso !!!! Ovide au début de son cursus de BG des muses il fait comme tous ses bros élégiaques pour se faire une streetcred izi puis un jour SBRAAAAA il passe la seconde il place une quenelle fatale à toutes les zouz qui font chialer les babtous fragiles il pond un oeuf de Yoshi poétique l'Art d'aimer un authentique tuto à pécho de la zouz mais tout en rime sans pression beau gosse !!!

Dans le Livre I Ovide il t'explique où trouver des gows à Rome faut dire dans l'ancien temps les darons ils cadenassaient les meufs paye ton délire phallocrate donc là t'apprends que le bon coin à gow c'est soit le théâtre parce que les sièges sont tellement serrés que tu touches ses eins avec ton coude soit c'est le cirque parce que pendant qu'elle mate les trapézistes tu lui fais le coup des épaulettes à la Zavatta !!!!

mdrrrrr non c'est pas vrai !!!! des barres antiques !!!

Le cirque c'est pas ça c'est le truc en pierre chelou où y avait les courses de Mario Kart featuring Ben Hur donc comme ils arrêtent pas de drifter comme des boss dans les virages de la coupe champignon y a des masses de poussière et la gow elle se fait golden shower de terre battue donc elle est trop contente de tomber sur un galant chevalier qui lui frotte le boule au calme pour lui enlever la crasse de son legging !!! bon après quand t'as rencontré une gow il faut savoir L'AMBIANCER donc là tu règles ta kalash de latin lover sur « bullshit automatique » et tu vas arroser comme un pélo sur la gow de tes rêves humides TATATATATATATA mais aussi sa BFF soumise alias sa servante TATATATATATATA parce que c'est elle qui va te laisser entrer dans la Villa des Sextapes !!!

Une fois que t'as serré ta zouz faut pas qu'elle bave tout à ses darons ni qu'elle se sente pousser des ailes de luxure et qu'elle bz ailleurs par conséquent faut jouer tactique tonton BIM tu lui fais un cadeau bien charmant puis BAM tu donnes zéro news pendant plusieurs jours puis BOUM quand elle revient en chialant tu lui pokes son p'tit amour-propre en faisant les louanges de son boule atomique donc théoriquement après ça la schneck elle est dingo comme une balle rebondissante et le pick-up artiste lubrique Naso il dit « merci qui ? » et toi comme un blédard du zouk love tu dis « merci Ovidie oups non Ovide mdrrrrrr !!!!! »

À la fin de son délire Naso il s'est fait tèj par l'empereur Auguste le king du ter ter Mare Nostrum !! à ce qu'il paraît Ovide il aurait calé des wad sans pression à une zouz d'Auguste donc là Gusto il fait « hop je kicke le naso à plus dans le bus pélo !!! » et Ovide termine en exil à chialer comme un ouin ouin dans sa résidence de Second Life !!!! il tente bien un come-back velu comme un vieux cul avec un troisième volume pour son tuto de baise mais c'est un putain de bide c'est la hchouma dans ses seufs mdrrr pourtant y avait de l'idée c'était un tuto pour les meufs ambiance revanche d'une blonde : y a tous les conseils pour faire le nanani maximal échapper en scred à la surveillance des darons des p'tites astuces beauté pour se mettre bien et bons plans sapes trop stylés mais trop tard fdp c'est Amazones farouches et Hommen Mode d'emploi c'est les frotteurs du Circus Maximus qui font des burn c'est le pick up Art Tristes c'est L'Art d'aimer.

Pour aller plus loin

– Ovide, *L'Art d'aimer,* Texte établi et traduit par H. Bornecque, Les Belles Lettres, CUF, Paris, 1924-2011, 183 p.
– Lavoie (Rive), *La Nature a-t-elle horreur d'Ovide ?,* Discole, Thonon-les-Bains, 1922, 242 p.
– Rodrigues (Lavinia), *Como configurar o ventilador um dia onda de calor ?,* Todos nus, Itabira, 1482, 961 p.

Les Métamorphoses, Ovide

La vérité bâtard j'ai pris trente millions de Lexomil avant de te raconter l'histoire des Métamorphoses tellement j'en pouvais plus de ma vie que c'est trop compliqué à te résumer !!! sérieusement Ovide il s'est dit c'est open bar de l'écriture les arbres rien à foutre moi je tatane toutes les feuilles qui existent sur la terre les p'tits animaux de la jungle je leur fais des doigts voilà je pose mon gros pavé de quinze volumes douze mille vers 250 légendes allez gardez bien la pêche les poètes moi je m'enjaille dans le plus grand des calmes mdrr !!! complètement OP de la littérature le srab vrai il aurait toujours pris les persos les plus cheatés à Tekken pour montrer qui c'est qu'a la plus grosse !!!!

Déjà le kiff d'Ovide c'est les tites transformations ça ça l'ambiance bien les Power Rangers les Street Sharks les Animutants c'est son délire donc il s'est dit moi j'vais faire pareil j'vais raconter tout ça avec les dieux qui se sentent plus le bout du zob et puis aussi avec les humains qui font de la merde avec leurs pouvoirs et on va tous bien rigoler !!!!

Par exemple y a Jupiter il nique la nymphe Io perso rien que pour son blaze j'y aurais pas touché et là tu te dis ok sauf que sa zouz Junon elle kiffe pas du tout qu'il nique des nymphes du coup Jupiter pour pas se faire pécho il transforme Io en vache !!!! mais une vache tellement stylée que Junon elle dit « putain démente la vache !!!! j'suis sure y a du lait entier dedans !!!! » elle la donne a Argus un keum avec cent yeux qui kiffe les P'tits Louis et Io elle a trop le seum d'être une vache et de marcher dans la bouse lol normal !!! du coup Jupiter essaye de la jouer façon Materazzi trafalgar du complot à Argus mais Junon grille tout et tatane la vache !!! Jupiter il est bien triste que sa vache soit tatanée donc tout le monde arrête ses conneries et Io elle arrête d'être une vache grosse chatte quand même !!!! Jupiter son kiff c'est la vache t'façon pas pour rien qu'après il se transforme encore en bourrin pour péter la moule d'Europe loool !!!

Aussi y a Narcisse un babtou qui doit surtout pas se voir de toute sa vie s'il veut vivre longtemps genre trop la galère pour se brosser les dents mais bon il dit ok pas grave il tej toutes les zouz et tous les keums qui le kiffent même Écho une nymphe franchement fraiche il lui dit « non mais écho t'es sympa mais en amie quoi » gros hashtag friendzone dans la mouille écho ça l'a tellement défoncée elle en est morte !!!!! après Narcisse il se dit « hmmm dis donc j'ai une tite soif moi » donc il va boire dans une flaque il se voit il se kiffe il crève voilà !!!! je suis obligé de torcher sinon j'vais jamais pouvoir tout raconter !!! pour continuer sur la vache Dédale et Icare étaient en chien dans le labyrinthe de Minos jamais ils allaient pouvoir se tirer à temps pour téma la finale de The Voice avec Jennifer donc dédale pas con il fait des ailes pour Icare avec de la morve et de la boue et Icare il se sent plus pisser il est en mode Interstellar en route vers les étoiles toutes les dimensions à dos d'âne !! sauf que Dédale il dit « vole pas trop haut ducon les ailes elles vont te fondre sur la ganache !!!! » et ça a pas raté BIM vla Icare au fond de la flotte il est jamais ressorti meilleur cosplay du Titanic jamais fait !!!!

Bon allez dernier après j'arrête mdrrr !!! Orphée et Eurydice c'était le gros love mais Eurydice elle a pas géré sa balade dans le ter ter elle s'est faite croquer par une vipère et comme elle a pas eu la moule de Spiderman elle a claqué direct donc Orphée sans pression il se dit « ben j'vais aller aux enfers pour la récupérer et puis voilà izi !!!! » il fait une p'tite impro de Lionel Richie à Hades qu'est trop ému vu que Lionel Richie c'est son soss et il dit « ok choppe Eurydice mais la téma pas avant d'être sorti ici les meufs ont des einss de ouf et si tu les téma avant d'être sorti ça va péter dans tous les sens !!! » évidemment Orphée voulait trop voir les nouveaux einss de sa meuf donc il s'est retournée et BOUM plus d'Eurydice !!! et comme il était trop triste des zouz l'ont tué mauvais délire vla comment tout le monde enchaine les emojis tristes !!!!

après tonton tu peux continuer ton enjaillement en solo mais moi j'dois retourner faire des wheelies sur mon 50cc donc garde bien la pêche looool !!!! c'est le Guinness Book des records ladyboy c'est le fist bovin et les fleurs anales c'est Émile & Images et l'ambition qui bute c'est Les Métamorphoses.

Pour aller plus loin

– Ovide, *Les Métamorphoses,* Texte établi et traduit par G. Lafaye, Les Belles Lettres, CUF, Paris, 1928-2015, long mais ça se lit.

– Gamache (Amber), *Réussir son cosplay pour JapanExpo,* La Nanopuce sympa, Saint-Herblain, 2004, 152 p.

– Fernandes (Vitoria), *Adivinha quem eu sou,* Bananas e protetor solar, Araçatuba, 1912, 151 p.

L'Art culinaire, Apicius

Toi tu crois que Apicius Cyrillus Lignacus de l'antiquitos c'était un boss de Marmitos un petit keumi posey du tablier mais quedalle magueule !!! c'est Moundir dans tes fourneaux le gros rageux gastronome qui envoyait les balayettes sur tous ces contemporains dès qu'ils se posaient le uk à table !!!!! tout le monde le déteste !!! et pas que les dentistes !!!!!

Apicius faut savoir déjà c'est le Massimo Gargia du manger antique le boss intestable du miam-miam zéhef qui a pété son PEL de la papille pour des soirées d'ambassadeur Ferrero pour enjailler son soss samouraï Tibère l'empereur déglingo gone wild !!!! vu comment les ritals c'est des gros boss de la calzone totalisante qui fait rêver les ménagères et cabrer les booster le midi toi tu te dis un p'tit kinbou de recette aiaiaia la mamma ça va y aller les bons p'tits plats à l'antique !! mais ravale ta babine magueule c'est la guerre civile dans ton frigo sérieux y a l'ONU qui fait des résolutions h24 pour qu'il arrête Apicius mdrrrrrrr !!!

Pour te chauffer le duodénum à la bien ça commence par des petits menus Etchebest-of ça tatane les grecs à la romaine les petits rôtis bien sympathiques des petits plats en sauce des olives du gouda du safran des apéricubes de la sauce blanche salade tomate oignon donc toi tu te vois déjà dans un food truck michto avec tes potos entogés ça fait plaisir c'est un gangbang de saveurs enivrantes chez Maïté ça bastonne la régalade gastronomique toi-même tu sais.

Après t'apprends des trucs en mode Jamie et Fred dans ta kitchenette genre le garum c'est de la sauce nuoc nam ça s'enjaille aux gyozas latins on dirait mais c'est des cramés les gars ils en foutent partout abusé aucun respect gustatif t'as le gros Thierry Marx qui vient pour tataner tout le monde à coup de baguettes tellement les assaisonnements sont pas respectés tu deviens une victime des papilles mais c'est pas fini y a le LASER !!! wow abusé toi t'imagines le chef noich total badass qui envoie la bidoche avec sabre de dingo de jedi ZWooooONG ZWOooooooooNG ZWOoooNG mais en fait c'est pas ça le laser c'est un blase d'une petite plante kawaï genre le gingembre ou je sais pas quoi enfin un truc bien nazebroque qu'ils tartinaient dans leur panini poulet les romanos.

Et toi tu te dis « ils sont où les desserts fdp McFlurrix tu connais pélo ?? » chez les darons de l'ancien temps si tu veux un p'tit kinder pinguix tu fous n'importe quelle merde dans ton bol Mickey ET TU RAJOUTES MASSE DE MIEL c'est ça la règle du bouffe club : si tu rajoutes du miel hop c'est un dessert c'est la magie du Domac céleste mais ça s'arrête pas là parce que le kinbou pété de recettes ça part en cacahuète gore le délire de trop snuff movie dans ton doggy bag : ça part sur un fetish bien sale sur les boobs de cochonou ok mauvais délire pas mon kiff mais vas-y fréro vis ta vie mais Apivicius c'est un pervers du lard t'as des RECETTES DE TEUCH DE TRUIE putain je sais que c'est total haram mais le cochon il est tigen et là tu lui fais SAW 6 (parce que ça fait saucisse mdrrrrrrrrrr) par tous les trous faut se détendre tonton gardes-en pour les petits chihuahuas pète couilles ou les gros pitts dégueulasses avec des balls grosse comme des ballons de la NBA mdrrrrrrrrrr donc ça se termine le chef chéper il te propose la surprise vomitive des quenelles de teuch de truie donc là clairement il s'en bat les steaks il écrit que de la merde et il te sert ça en plat au calme mdrrr !!!

À la fin de sa life Apicius il est tellement à fond dans le gusto game qu'il a préféré se foutre en l'air que de voir les p'tits z'enfants qui bouffaient pas leur brocolis qu'il avait mitonné pendant l'épreuve de la dernière chance et depuis ce temps reculé de la reculette tous les boloss de mare nostrum se font péta par leur daronne s'ils finissent pas les broco haram ptdr !!!!!!!!!! donc voilà c'est Jean-François Piège en haute mer méditerranée c'est 2 girls 1 cup entrée plat dessert c'est Robuchon qui pose une galette complète BLEUUUUUARGH sur la tête des jaloux en direct du yacht de Jay-z c'est L'Art culinaire.

Pour aller plus loin

– Apicius, *L'Art culinaire,* Texte établi, traduit et annoté par J. André, Les Belles Lettres, CUF, Paris, 1974-2013, 353 p.

– Proulx (Bartlett), *Barbecue et randonue : les meilleurs ennemis ?,* W.T.F., Lyon, 1991, 624 p.

– Azevedo (Julieta), *O bichano da porca é delicioso : a cons-pesquisa,* Edições de Capricórnio, Samambaia, 1034, 500 p.

Histoire romaine, Tite-Live

Nin ninnnnn nin-nin-nin ninnnnnnnnn nin-nin-ninnnnnnn ♫ ouh lou louloulou mes gars sûrs et tous mes sheygueys ont reconnu le générique de Game of Thrones big up la fantasy de grgrgrggrgr Martin mais faut dire que le délire de Tite-Live c'est romain en pire... romain !!!! des barres prégénériques sur le previously !!!

Tite-Live c'est le Père Castor cosmique le daron des délires historiques romains il te fait le résumé des romanos ab ovo en repartant de la louve mamelue qui se laisse téter les tits par deux ptits gadjos perdus dans la forêt primitive de Rhéa Silva !!!!! donc ça commence en mode Rémus sans famille chez les Troyens en cavale y a Romulus et Rémus qui déboulent de la schneck d'une vestale pépouze mais après ça chauffe pour leurs petits culs potelés de babies donc hop on les fout à la flotte ce qui est le signe d'un délire antique et mythologique PREMIUM !!! après y a une louve nympho qui spote les 2 ouins ouins qui ont les crocs mais la louve aussi elle a des crocs mdrrrrrrrrrrr mais comme elle a un cœur gros comme le boule de nicki minaj elle offre lascivement ses boobs de Wolverinette et là tu tiens le point de départ de l'histoire romaine bien pétée comme tu vois !!!

Après ils font une ville avec un kébab un domac un gros multiplexe de batard pour téma les aventures de Spider-Man et une petite maisonnette pour eux et la vie est cool sauf que comme toujours le seum appelle le seum et Romulo et Rémo après quantité de clash bien sales se mettent sur la gueule en mode showdown Soul Calibur et là c'est Rémus qui se fait bouyave le boulard adios walouf et comme il reste que Romulus bah on appelle la ville ROME lol heureusement que c'est pas Rémus qui a défoncé son franginou sinon la ville ce serait RÉME mdrrrrrr nique ta réme batard !!!

Tite-Live ça lui chatouille le scrameustache de narrer la narrade donc il relance encore le délire avec encore plus de tatanes titanesques starring des romanos de l'ancien temps qui se clashaient les seufs h24 !!! donc là hop t'as l'épisode de l'enlèvement des sabines à la bien parce que le bail c'est que les romanos de la nouvelle capitale eh bah ils sont seuls-tout avec leur teub ridée ça manque de gow tout ça !!!!!!! la solution bah ils se font pas chier ils vont chercher les gows là où elles sont dans la forêt de la tribu des Sabins et des Sabines que des schnecks qui s'appellent Sabine donc t'as Sabine Azéma Sabine Paturel Sabine et c'est tout parce que soneper s'appelle comme ça mdrrrrrrrrrrrrr là les romanos ils montent un plan aux sabins ils organisent la coupe du monde dans la forêt enchantée tout le monde est invité et quand personne regarde SBRAAAAAAAAAAAA les romanos chopent tous une sabine sous le bras ils se radinent dans un gros hummer ventripotent et ils gueulent « gow gow gadjéto zouz ptdr » parce qu'ils ont pas de meuf mais ils ont un vieux DVD d'inspecteur gadget et ça les fait triper ok chacun son délire !!!!! les sabins ils ont les boules mdrrrrrrrrrrrr alors ils courent derrière le hummer des romanos ils se tabassent mais les romanos ont trop envie de bz donc ils gagnent ils gardent les zouz et les sabins ont perdu leurs aiguilles fin de l'épisode !!!

Si t'as kiffé cet article tu te mettras bien également avec : les Horace et les Curiace deux familles en mode Rois du monde ils se frappent sauf que la soeur du Horace elle sort avec un Curiace donc c'est chaud mais les Horace et les Curiaces ils se sont calé un piment oiseau dans le boulard ils tiennent plus en place ils sortent le Tatanosaure Rex le terrible dinosaure de la violence endémique résultat tout le monde crève même la reuss qui avait rien demandé mais son frère c'est un beau gosse de l'honneur il a mal à la hchouma donc il tabasse sa soeur parce qu'elle chialait feu son husbando c'est cool fin de l'épisode !!!

Des grosses fracasseries comme ça t'en as environ 850 000 dans ce kinbou c'est le principe de Game of Thrones du Latium t'as des bad boys hyper cheaté de la cruauté genre Tarquin le superbe qui viole Lucrèce sans aucune forme de pression parce que ça le fait kiffer mais ça c'est pas bon délire du tout un gros fdp amoral qui croit que la France elle est à son père !!! t'as aussi des boss genre Horatius Cochles mais tout le monde l'appelle Horatio Cochlaine parce qu'il a botté les seufs des ennemis en gardant le pont de l'alma tout seul et quand il a gagné il met ses ray ban et il sort sa punchline astronomique « Romain / méchant zéro » et là le générique commence YEAAAAAAAAAAAHHH !!!! t'as la roche tarpéienne du nom de tarpéia la boloss qui a livré la cité contre une bouteille de sent-bon de chez Séphora et elle a été condamné à fumer des bédos jusqu'à ce que mort s'en suive !!!

Ça c'est le délire intra-muros ou la petite couronne de lauriers mais au bout d'un moment vers la saison 4 Tite-Live il passe en mode Rome total war et ça va chier à l'échelle intercontinentale missile sol-air balistique sur ta ganache !!! déjà t'as invasion d'Astérix et de ses soss qui essayent de péta Rome mais heureusement y a les oies du Capitole tonton qui se mettent à chanter du raï-n-b vers 4 h du mat' parce que des dalleux gaulois se sont infiltrés en mode solidus snakus dans la ville éternelle et ça ça fait pas plaisir aux romains donc ils leur bottent le cul les gaulois vont chialer leurs races à l'eurovision du côté d'Alésia (ligne 4 mdrrrrrrrr) et ouf la patrie est sauvée on a eu chaud milou SAUF QUE NON PUTAIN c'est reparti pour un tour avec les GUERRES PUNIQUES !!!!!

Au début tu crois que c'est des bastons où « tu niques » et ça ça fait drôlement plaisir mais ravise toi beau gosse c'est « punique » comme dans Carthage ah oui lol c'est vrai que les deux mots se ressemblent de ouf !!!!! donc le bail c'est à Winterfell t'as le général Hannibal qui est pote avec Jon Snow il veut zlataner l'expansion méditerranéenne des romanos et il dit à ses frères de la garde de nuit « vous savez quoi les gros ? je vais y aller en éléphants !!!!! oh non t'es pas cap Hannibal le troudbal !!!!! eh si les cons vous allez bien fermer vos gueules quand je gagnerai avec des éléphants !!!! oui javou !!!! » ce dialogue authentique est suivi d'un terrible voyage autour de la méditerranée !!! il fait des dates à Ibiza à Cannes à Zarma dans les Alpes à Milan pour la fashion week bref c'est le challenger beau gosse le gars Barça tout ça pour qu'Hannibal se fasse démonter en quart par l'AS ROMA du général Scipion un chauve pas net qui kiffait la calzone donc hop retour à la case départ fin des guerres puniques fin de l'épisode !!

Plus tu lis son délire plus tu piges que c'est finito Game of Thrones en fait c'est Lucius la Brocantus t'en es à la saison 172 il se passe plus rien depuis 765 épisodes et là Tite-Live il s'emmerde plus il enquille comme une pornstar sur le déclin il te raconte la p'tite life pépouze de Consul#72B et même qu'il a harangué la foule pour un bail de merde en disant ces mots précis « ave les cons !!! par Jupiter ça fait plaisir !!! à plus dans le bus !!! » donc à ce moment-là c'est bon tonton tu peux lâcher le replay M6 de Tite-Live personne va te coller de balayette si t'as pas lu la fin et d'ailleurs la fin bah on l'a plus mdrrrrrrrrrrrrr c'est la faute au temps qui court et aux moines chauves de la teub qui se palimpsestent le uk et qui perdent la fin des manuscrits !!!! donc voilà c'est grosses toges patriciennes et récits mythologiques c'est la grandeur de l'empire qui colle des perfects à toutes les peuplades du monde c'est l'origine politique ab Julien Courbet condita c'est le FDP qui sort un kinbou en 2 589 volumes qui s'appelle « P'tite Livre » c'est l'Histoire romaine.

Pour aller plus loin

– Tite-Live, *Histoire romaine,* Texte établi par J. Bayet, G. Baillet, Les Belles Lettres, CUF, Paris, 1940-2012, tellement de tomes jamais tu les liras tous !!!!! Trop de pages !!!!!
– Saint-Jean (Arienne), *Bien s'endormir avec Tite-Live,* Les Éditions du Schnaps, Metz, 1726, 638 p.
– Cardoso (Marina), *Análise transvelsale de delírio,* Mariachi & Irmãos, Viamão, 1239, 318 p.
– Blackburn (Jamie), *Dashing Mike is a fearless man,* Pretty Maquisards Books, Bicknacre, 1484, 304 p.

L'Apocoloquintose, Sénèque

L'Apocoloquintose c'est pas quand tu vas chez le doc gynéco pour te faire téma le baltrou c'est le p'tit récit de Sénèque le précepteur-trolleur le gros boss stoïcien genre il se coince les balls dans le métro en mode lapin rose RATP mais lui il gère pépouze il dit t'inquiète fréro ça fait que dalle c'est dans la tête je m'en balek sévère !!! au début Sénèque il a été banni du forum guéguerre du GK impérial pour cause de petit différend sur Street 4 résultat il profite d'un poste de modo sur jeuxvidéo.com pour se venger de ouf il tente le back in black zehef et dans ce petit opuscule il va lâcher des scuds à la bien sous couvert de mythologie daronnifiante !!!!

L'Apopopopo c'est quoi bah quand t'es dead en romanie t'as le choix : soit t'es un IMPERATOR REX et conséquemment t'as le droit à la transmutation atomique gogo Power Rangers divins adulés par les zouz ça c'est l'apothéose mais gaffe tonton parce que si t'es un BABTOUSAURUS REX alors t'as le droit à l'Apocoloquintose qui te transforme en vieille cucurbitacées ou pour parler franchement en grosse teub purulente alors choisis bien la bonne pilule néo mdrrrrr !!!

Donc le pitch laisse tomber tu sais pas d'où ça sort c'est l'empereur Claude qui vient de claquer comme un pélo et qui est en route pour le camping paradis sauf que lui il croit qu'il va avoir droit à une apothéose avec toute la mifa les limos de 12 mètres le carré VIP Rihanna Richard Berry Jack Lang Maître Gims avec un feu d'artifice du Futuroscope des laser et tout le bordel mais que dalle !!!!! tonton Claude il a tellement été teubé et grigou dans sa vie d'empereur qu'il va avoir droit à la transmutation en courgette même Jardiland peut pas test !!!!! alors quand Pastèque déboule dans le club paradiso tout le monde se fout de sa ganache frippée comme un boule parce qu'il a zero streetcred putain il se met à boîter comme un thug sorti de Fleury sauf que c'est un puceau de la bolosserie centrale genre le XVIe arrondissement trop crédible le bad boy en plus quand Super Concombre il jacte on pige que dalle ça fait Aagagagga on croit qu'il est sur Skype pendant que sa daronne elle téléchoppe du mommy porn avec Michel Drucker et des labradors abusé !!!!

Après Melon il croise le grand pope de l'olympe et tous ses soldats enkalachés les chevaliers d'or y a même Shiryu le gros baltringue qui tatane des dragon punch pour faire remonter l'eau de la cascade tu vois le niveau et comme y a soneper qui capte son sabir à base d'Agagagga on va chercher Hercule mais c'est idem putain même lui il pige pas ce qu'il bave le vieux alors bon ils en profitent pour faire un dîner de con avec Courgetteman donc là ils s'enjaillent avec des hot pockets des Père Dodu ça fait bien plaisir il est jouasse le con il voit pas qu'ils lui manquent de respect y a même Auguste le king des empereurs divinisés qui lui fait des quenelles quand il regarde pas !!!!

À la fin Claude François il se fait kicker de l'Olympe en mode spectateur et il est condamné à lire tous les putains de topic sur JV.com pour l'éternité alors franchement paye ta postérité et réfléchis bien avant de dealer du shit donc voilà c'est Solid Sénèque qui envoie les balayettes furtives planqué dans un carton c'est le kung-fu mental stoïcien qui fait une pause Kit-Kat entre 2 tragédies hey ho c'est la satire des puissants et l'absurdité de la condition humaine même pour les richous c'est L'Apocoloquintose.

Pour aller plus loin

– Sénèque, *L'Apocoloquintose du divin Claude,* Texte établi et traduit par R. Waltz, Les Belles Lettres, CUF, Paris, 1934-2010, 46 p.
– Bourgeois (Lirienne), *Grandeur et décadence de la grandeur,* La Nanopuce sympa, Paris, 1984, 789 p.
– Oliveira (Leonor), *Perca o homem zucchini,* Nádegas na cadeia, Salvador, 1621, 1044 p.

De la clémence, Sénèque

De la clémence clairement ça aurait pu être aussi De la lèche-boules vu comment Sénèque il y va sur Néron « eh vas-y César comme t'es un boss eh vas-y tu veux pas un p'tit massage des orteils lol ouais tranquillou on se met bien hein césar hm hm oui césar !!!!!! » le respect est complètement perdu la fami !!!!! et donc en fait le quinbou c'est des protip à Néron pour savoir comment c'est qu'il faut gérer la kiffade populaire !! ça fait bien plaisir tes p'tits conseils Sénou la vérité mdrr !!!!

Déjà il dit « Néron vas-y molo sur la oij sinon le peuple va trop te les briser sur n'importe quoi !!! » et il dit aussi « si tu fais bien plaisir aux gadjos jugés en faisant gros prince vas-y je te condamne même pas je suis trop bon !! et ben tout le peuple ça va le transcender façon pipou !! » c'est ça la rédemption après même les rataï ils vont comprendre ça sert à rien d'être des fdp puisque le boss il dit « balek de vos délires !!!! » et ils vont être tigens !! gros mindtrick mais ça c'est la vraie puissance tutélaire tavu !! mais faut faire un juste milieu faut pas partir en roue libre genre Tony Hawk dans les descentes sinon ça aussi c'est la mauvaise ambiance !!!

Mais ça c'est une p'tite opération cachée pour se mettre bien soi !! tu restes serein ça veut dire t'es un gros cerveau tu gardes la pêche et supportes la pression peu importe le mauvais délire qui s'abat sur ta ganache et si tu fais genre le dinguissimo ça veut dire t'es une zouz t'as pas les balls en titane !!! regarde les dieux tu crois ils te zlatanent à chaque fois que tu fais une boulette ??? non ils ont leur grosse clémence de dieux bien fat et ils l'appliquent sur toute ta mifa vu que eux c'est genre clémence 2000 la plus grosse clémence jamais testée donc téma les modèles et comme disait Amel Bent tu trouveras le kiff en toi !!!!

Après tu sens Sénèque il baratine bien aussi à mon avis il doit avoir vla le mauvais délire sur la conscience et il veut pas que Néron le foute sur le pilori c'est un beau move javou !!!! « ô oui la douceur de ton âme va bien se répandre en oim César !!!! c'est ta vigueur César ou t'es content de me voir lol ???? » et il fait genre de rien « promis c'est pas pour vous séduire hein tkt c'est même pas pour pécho !!!!! » après il se met en mode Julien Lepers « ah oui au fait j'avais oublié c'est quoi le contraire de la clémence ???? AH OUI OUI OUI la cruauté !!!! 4 à la suite !!!! » Néron il en peut plus il va en finale lol !!!!

Voilà la clémence c'est genre encore meilleur bail que le pardon c'est le sentiment ultime de l'altruisme mais enfin Néron ça l'aura pas empêché de défoncer tout le monde à la fin de sa life comme un dingo mdrrr !!! c'est jeuxvideo.com actualisé à gogo sur la page des soluces c'est le babtou qui dit « oui oui » à ce que tu racontes mais qui t'écoute même pas et Game of Thrones sans taper les méchants c'est De la clémence.

Pour aller plus loin

- SÉNÈQUE, *De la clémence,* Texte établi et traduit par Fr. Préchac, Les Belles Lettres, CUF, Paris, 1925-2003, 95 p.
- FAVREAU-DEGROUTE (Daisi), *De la Jean-Jacques,* Les Éditions du Colifichet, Maisons-Laffitte, 1290, 511 p.
- CARDOSO (Nicole), *Seja legal com os idiotas por favor,* Edições do próximo inverno, Rio de Janeiro, 1790, 873 p.

Pharsale, Lucain

On a vu Julio Iglesias César après avoir mis la balayette sautée à toute l'Occidentanie il est rentré le feu aux seufs dans son ter ter parce que ça commençait à être le gros dawa et c'est là qu'on voit que les boss ils ont besoin d'être sur tous les fronts tellement les rageux ils s'arrêtent pas de placer des scuds à ceux qui gèrent le délire militaire !!!! et si t'as rien bité à ce que je viens de poser comme slam je te redirige en mode page introuvable 404 vers le petit résumé de la guerre des gaules qui va bien t'ambiancer mon délire introductif mdrrr !!!!!

Alors aussi comme c'est un peu leurs bails à l'époque y a pas la fin lol ils l'ont perdue sûrement dans un trou vers les enfers c'est Cerbère qui l'a mangé eh ça va les excuses de boloss Lucain hein kiletran t'es posé sérieusement !!!!! faut savoir aussi Lucain comme c'est un carthésien de ouf il dit « les dieux balek et les super pouvoirs balek ici y a que des gadjos !!!!! » donc ça commence c'est Cigarillo qui rentre et y a Pompée qui comme son blaze l'indique LUI LES POMPE SÉVÈRE mdrrrr mais Lucain il dit d'abord à quel point Néron c'est un boss dans genre une dithyrambe à te chatouiller les glaouïes et aussi c'est quoi une guerre civile et comment faut gérer le biz en gros c'est une manière de poser l'ambiance à l'africaine de la tatane à venir !!!!

Donc César débarque et il est bien chaud du glaive sur son chemin y a plein de gadjos qui l'ont stimulé manière à placer un perfect aux jaloux de Rome donc César il alpague toute sa team et il met tellement le zbeul à Rome tout le monde se barre loool et c'est la grosse tristesse populaire les daronnes elles chialent les minikeums ils chialent les oiseaux ils chialent en chantant tout le peuple touche le firmament du seum et Pompée il est pas content mais César il dit « balek de Pompée » il le pourchasse à Brindes alors Pompée il dit « gros touken tate mon scooter des mers !!!!! » et il se casse sur les flots bien stylé sans gilet de sauvetage Vincent Lagaff en roue libre tavu !!!!

César go back à Rome et là c'est plus possible tout le monde lèche le sol d'être autant gâché et César il dit au Sénat « euh svp les cons filez moi la thune de la cité cimer !!!! c'est pour la tatane ça coute bien cher les lance roquettes !!!!! et les nunchakus et les shurikens !!!! » ensuite il trace jusqu'à Massilia et il défonce une forêt stylée pour le kiff lol toujours dans son mood balek quoi et les marseillais ils sont comme après une défaite contre le PSG ils veulent mettre la tatane à César mais Jules il les zlatane bien à l'aise dans les loges VIP de sa galère mdrr !!!! enfin bref César il se rapproche à fond de Pompée jusqu'en Afrique même il embauche Antoine le keum de Cléopatre il a aucune limite !!!!

Après il rentre quand même à Rome là il se pose genre king no limit après il retourne à Brindes et là après moults détails à la con ils sont genre au duel ultime Pompée versus César handicap 100 un seul low kick et c'est le perfect faut pas avoir parkinson lool !!!!! et Pompée il avait une chance de win mais il a ripé et il a tapé à côté lol !!!! grosse déception dans le public !!! et là finalement en Thessalie THIS IS IT Pompée se prend la fessée alors il se casse DONC LÀ C'EST BIEN CHIANT VOUS ALLEZ CLAQUER OUI ????!!!!! et en fait Pompée il est buté par des assassins de son camp................... ok bon moi je kiffe pas les délires où on te fait croire ça va être la bombance de testostérone et en fait y a des p'tits kévins du tchat qui viennent taper en scred !!!! et César il chiale lui aussi devant Pompée dead ben oui on lui a pris son rival sûr !!!!!

Et à la fin César il voit Cléopatre peut-être il la bouyave on sait pas t'façon ça m'a trop vénère cette lâcheté des rageux !!!! allez c'est Assassin's Creed en cache cache c'est Attrape-moi si tu peux mais tu peux pas alors garde bien la pêche c'est King Kong vs Godzilla c'est la Pharsale.

Pour aller plus loin

– LUCAIN, *La Guerre civile (La Pharsale),* Texte établi et traduit par A. Bourgery, Les Belles Lettres, CUF, Paris, 1927-2013, 339 p.

– PARIZEAU (Medoro), *Comment j'ai rencontré ta maman,* Presses Universitaires de Quimper, La Valette-du-Var, 23, 222 p.

– FERNANDES (Eduarda), *Meu hino tocar minha virilha,* Edições editores, Cotia, 1378, 736 p.

Histoire naturelle, Pline l'Ancien

Pine l'Ancien mdrrrr déjà faudrait arrêter de se taper des noms de teub quand t'écris un pavé de bogoss ça nique total la streetcred après tu vends 3 exemplaires tu rages ben ouais mais aussi si tu sais pas choisir ton pseudo pour te poser dans le game viens pas faire ouin ouin sérieux !!!! AH NON OUPS !!!!! ok Pline ouais ok ça passe lol comment j'ai posé mon slam pour rien mdrrrr !!!!! donc voilà le délire de Plinou le vieux y a pas plus oklm il a dit « tiens j'me fais bien chier et si j'écrivais un livre sur tout ce qui existe lol ??? la vérité trop une idée de boss ALLEEEEZ !!!! »

À l'époque ils avaient pas les boules de se manger un low kick low kick high punch de Nicolas Hulot alors ils déforestaient toute l'Amazonie pour faire leurs volumes infinis genre là 37 tomes ptdrrr jamais personne va lire ça déjà Naruto j'ai arrêté au 28 alors un moment faut arrêter les trucs infinis lol !!!!! mais comme toi même tu sais qu'on est pas aussi tricards que les cramés de Rome on va se contenter de deux p'tits échantillons qui vont bien te barbouiller l'intellect de son délire encyclopédiste mdrrr !!!!

Comme on sait c'est quoi qui te branche on a pris la magie et pharmacopée enfin pharmacopée on s'en balance vu que c'est les médicaments et les médicaments : R A F ptdrrrr !!!!! y a que quand j'ai la grippe j'prends un p'tit Aspirine un p'tit sirop un p'tit suppo et voilà BIM la déripette !!!! Pline il dit « l'aspirine ??? mdrrr c'est pour les cons ça !!!!! vaut mieux t'enjailler avec du caca de souris ça c'est le vrai remède des darons !!! ou des mixtures de ver de terre !!! végétalien for the win le respect de la nature !!!! vade retro avec vos remèdes chimiques !!!! » donc voilà déjà la phase 1 mais la phase 2 c'est la magie c'est trop OPÉÉÉÉ !!!!!! loool allez boule de feu !!!! glacier x 3 !!!!! en avant Lulu lol c'est pour les gars sûrs de Final Fantasy que j'fais cette petite dédibite !!!! Pline il dit la magie c'est Julien Lepers qui l'a introduite dans nos contrées charmantes sacré Juju toujours sur les bons coups pour délirer !!!!! aussi il dit la magie c'est la médecine la religion et l'astrologie OOOOOOH trop de la merde !!!! remboursez !!!! où sont nos boules de feu ???? trop déçu allez j'enchaine mdrrr !!

Qu'est-ce que nous réserve l'autre tome de L'HISTOIRE TOTALE ???? LES P'TITS ANIMAUX !!!! à gode ceinture ptdrrr !!! les insectes quoi fais pas genre t'avais pas compris gros tricard !! et aussi nos bodys parce que Pline c'était un culturiste toujours une petite séance de pompes avant de taffer ça met bien !! hop petit cardio petites flexions petites protéines et voilà comment les choses se passent !!!! donc d'abord il fait des parallèles entre les humains et les animaux et après il dit à quoi ils servent les animaux genre pourquoi les abeilles elles font du miel toussa franchement c'est pas con comme délire ça peut toujours servir des questions comme ça !!! donc voilà magueule si tu te demandes pourquoi y a jamais de PQ quand tu te poses sur le trône ou pourquoi ta daronne t'appelle toujours pour grailler quand tu te tapes une queue ben tout est écrit dans l'Histoire Naturelle c'est à ça que ça sert !!!! c'est D'Alembert bodybuildé et l'univers dans une boule à neige c'est la nature façon puzzle et les grimoires magiques pour péter le boss de fin c'est l'Histoire naturelle.

Pour aller plus loin

– Pline l'Ancien, *Histoire naturelle,* traduit et commenté par J. Beaujeu, Introduction par A, Ernout & cie, Les Belles Lettres, CUF, Paris, 1951-2004, trop de pages arrêtez svp!!!
– Couet (Léon), *La Figure de la base virale chez Pline l'ancien,* Bacule, Cannes, 1472, 929 p.
– Sousa (Eduarda), *O título do livro : estudo,* Jobim bossa, Paulo Afonso, 666, 210 p.

Lettres, Pline le Jeune

Pline le Jeune faut pas s'enflammer il est « jeune » mais c'est un minot genre de 2000 ans aussi mdrrrrrr tellement jeune qu'il est dead change de blaze sérieux !!! du respect pour vos darons et pour vos cognomina les zamel !! Plinou son tonton c'est Pline l'Ancien un boss qui a écrit Wikipédia à la seule force de son esprit intestable il a même bastonné les articles bien pété sur NRJ12 sur Eri Kamoulox et sur les Anges y a rien qui le faisait baltringuer ce vieux grigou d'ailleurs il est crevé alors qu'il calait des wads à des tigres biélorusses après avoir bu du destop en plein pendant l'éruption du Vésuve tout ça pour dire que le tonton il avait des FAT BOULICHES en titane !!! ok ça c'est le vieux Pline mais le jeune ? bah le jeune comme tous les fluokids de l'an zéro millenial c'est trop génial il scrolle comme un dingo sur sa tablette !!!

Donc ça commence il ouvre son appli Mail ça fait bien plaisir ça !!! il décrit son p'tit univers là tu découvres qu'il a 784 221 654 mails non lus dont 9 457 487 spams et en plus ils sont en vrac respecte toi boloss !!! il commence à tagger mais c'est chaud putain dans les tags y a [Décris ta routine ♥] donc là il raconte sans pression sa morning routine comme une YouTubeuse qui s'est fait repulper l'intérieur cuir : « je me lève je bois un ptit verre de jus d'o et hop un pitch abricot en été ou une crêpe wahou en hiver et après je me balade comme un walouf aux abords de ma propriété du lac de Côme ça fait bien plaisir !!! »

Y a aussi le tag [littérature] donc là il envoie quelques disquettes mollasses à ses soss il dit « big up la littérature j'adore lire pas vous ??? » toi tu te dis mais la vie de moi mais qui lit ces conneries putain et Pline le Jeune il s'en bat les couilles comme un jeune il est en pilote automatique c'est un robot d'internet qui fait semblant de te parler « ASV ??? slt ça va ???? donne des news ça fait plaisir !!!! oh dis donc toi t'es un sacré coquinou !!!! c'est quoi ton num de CB stp ??? » il aime aussi décrire les villas des beaux gosses joibour de romanie : il te fait le tour du proprio 2000 ans après y a Stéphane plaza qui lâche son pouce vert !!!!!

Bon y a aussi le tag [ma vie d'avocat] mais c'est tellement chiant que là c'est >> avance rapide le seul mail qui vaut le coup d'œil c'est quand il se lance dans un freestyle Père-Castor sur son tonton Pline le viok et qu'il raconte l'éruption du Vésuvio : alors LÀ VOILÀ ÇA Y EST ON EST BACK DANS LE GAME c'est Transformers x 1000 en 3D dans ta latinade ça pète de partout y a de l'action chanmé et toutes les gow elles sont apeurées mais les Plinos ils ont peur de rien ils baltringuent pas comme ça les zouz elles se frottent contre eux bien joué l'astuce !!!

Après une courte pause sur Angry Bird et Clash of Clans le jeune Pline il lance Whatsapp pour chatter pépouze avec son BFF empereur Trajan qui lui a prêté sur airbnb son F2 stylé de Bithynie !!! le jeune il bastonne des questions cheatées fastoches de la FAQ des lieux du type « salut c'est où qu'on descend les poubelles ??? » ou « au fait y a un pélo qui voulait te parler je prends un message ??? » et à chaque fois Trajan il répond parce qu'il est trop cool mais toi même tu sens que ça commence à lui chatouiller la glande périnéale de devoir dire à ce gros cul de jeune qui pige que dalle où sont rangés les DVD comment on met en route le lave-vaisselle et oui on a un épluche légume il est dans le tiroir BOLOSS VA !!!!! à la fin du séjour en Bithynie le Jeune il doit recommander sur airbnb l'appart chanmé de Trajan et là il envoie les vibes dans les coms c'est le panégyrique genre « Trajan t'es trop mon style de BG impérial je recommande 5 étoiles sur 5 !!! » et c'est fini !!!! c'est EnjailleMaisonPhénix et iPad en argile c'est verba volant et scripta manette Xbox c'est le game épistolaire et archive mail à trier c'est le feu au Vésuvio et tempête de boulettes ponce géantes c'est les Lettres.

Pour aller plus loin

– Pline le Jeune, *Lettres*, Texte établi, traduit et commenté par H. Zehnacker, Les Belles Lettres, CUF, Paris, nouvelle édition 2009, 352 p.
– Theriault (Alphonsine), *La Domotique pour les cons,* Les Toupilleurs, Bourgoin-Jallieu, 1367, 916 p.
– Lima (Sarah), *Plínio o Jovem : blogger apesar de si mesmo,* Samba di janeiro, Jandira, 320, 1092 p.

Satiricon, Pétrone

Le Satiricon c'est tellement un livre chaudard les mecs ils se mettent même pas d'accord pour savoir qui c'est qui l'a écrit ptdrrr on dira c'est Pétrone qu'a remporté la WWE de la branlette antique à côté Fifty Shades of Grey c'est Babar fait du toboggan tellement ça va te foutre la trique gratos dans ton slipo trop serré de p'tit babtou puceau !!!! Pétrone il a tout géré il a dit « moi j'mets tout n'importe comment dans mon roman les p'tits poèmes la p'tit prose pépouze les blagues Carambar les théories d'Einstein enfin tout quoi et si ça vous zehef eh bah salam à vous mdrr !!!! »

Pétrole aussi il s'est trop cassé la tête sur sa structure donc on va juste en avoir rien à foutre et se concentrer sur la baise comme des gros malpropres de la littérature looool !!!! la vérité on a planqué le respect en Atlantide !!! déjà ça commence à la fresh avec deux romanos Encolpe et Ascylte les mecs ils ont cru ils pouvaient garder leurs blazes de WoW dans la vie enfin bref ils vont dans un bordel tâter de la pute Encolpe il fait pas trois pas dans la boite y a le dieu de la teub Priape qui lui fout la mimole à vie la vérité j'en peux plus des barres tellement j'imagine son seum !!!!! et à côté y a Ascylte un p'tit pd en chien sur Giton.

Alors les deux keums ils enchainent comme ils ont cassé les couilles à un fidèle du dieu Priape et qu'ils ont téma des cérémonies secrètes ils se font fouetter les seufs pour pas qu'ils parlent mais ça s'arrête pas là Giton le pauvre boloss qu'a rien demandé il doit niquer une gosse SUR UN TAPIS !!!! trop l'inconfort !!!! enfin heureusement quand ils se barrent un srab vient leur dire qu'on les attend pour un open bar de nuggets chez Trimalcion alors ils se mettent une grosse race au jaja tout le monde est rébou ils tisent les teilles de skai au goulot gros dawa et ensuite ils vont prendre un bain tous ensemble en mode bromance et ils se donnent leurs p'tits conseils marmitons la life détendue quoi !!! aussi Ascylte il encule Giton parce que ça fait toujours bien plaisir une p'tit sodo après manger !!!!!

Après Encolpe tombe sur le poetic lover Rumolpe qu'a un spleen de cramé au chouchen et il part dans un gros slam sur Troie et comme ils ont bien envie de tester l'aventure avec Giton et Eumolpe ils prennent un yacht sauf que la zouz proprio du yacht elle a la teuch en feu elle veut ambiancer Giton !!! Giton tellement il est gaché il veut se tailler le zob et ça part en grosse tatane mais heureusement après ça va ils sont tous amis ouf !!! on était pas loin de la rage !!!! finalement y a une grosse tempête et le yacht pète sur le rivage mauvais délire les frères et ils arrivent à Crotone lol crotte alors !!! vu que la ville c'est Crotone mdrrr !!! les barres à la cool !!!!

Comme Encolpe il touche pas une maille à Crotone il fait la pute et une de ses sista c'est Circé et alors là prépare les mouchoirs tonton t'en as pour toute ta vie de branlette avec tous les détails crados et les cumshot de boss c'est tellement opé du cul que même Youporn a foutu la clé numérique sous la porte !!! mais encore faut dire la vérité c'est pas une baltringue du zob Circé elle arrête pas de le bolosser alors Encolpe croit c'est encore Priape qu'a fait son délire donc il se fait battre par une vieille sorcière pour enlever le chatiment mais ça fait rien donc il va voir Oenothéa qui s'en fout des coups de baton elle carrément elle lui bouche le cul au poivre et lui tape la bite avec des orties !!! allez bande Encolpe !!!! et ça marche et voilà c'est tout parce qu'on a pas trouvé la fin du livre mdrrr !!!!!

C'est le minotaure qui fait du bondage et les pintes de bromure c'est le récit imbriqué dans une partouze c'est les anonymous à l'académie Balzac et les prostitués championnes d'Europe de twirling baton c'est le Satiricon.

Pour aller plus loin

– Pétrone, *Le Satiricon,* Texte établi, traduit et annoté par A. Ernout, Les Belles Lettres, CUF, Paris, 1923-2009, 394 p.

– Renaud (Théophile), *Coucou les amis ! Ça va sur la barricade ?,* Presses Universitaires de Copacabana, Cergy, 1793, 193 p.

– Cardoso (Miguel), *Sendo um eunuco no tempo de menestréis,* Y.O.L.O., Piraquara, 1042, 507 p.

Vies Parallèles, Plutarque

WOOOOOO j'ai vu le titre j'ai craqué direct j'ai cru c'était genre voyage dans l'espace double maléfique j'allais devenir un gros Power Rangers craqué et que j'allais vivre des vies d'animaux et tout genre j'suis un zèbre lol regardez moi regardez je cours avec mes sabots !!!!! je me fais manger par un lion mdrrr !!!! ou nan genre je suis un martien YEEEES du skate sur Mars no gravity les frères je tape les backflips en rafale sur les têtes de tous les rageux de la terre tellement je vis 10000000 vies je suis craqué de l'ubiquité !!!! halala ça aurait tellement le bon délire !!!!

Mais non mdr ça aurait été trop le kiff évidemment faut toujours que les grecquos ils te tatanent l'enjaillement mystique avec leurs délires monarchiques donc je te pose le délire de Plutarque avec ses Vies Parallèles c'est de sucer les zobs de la litté antique genre de tous les anciens boss grecs donc il fait un super moit' moit' avec les boss latins et tant qu'il y est il fait sa tambouille entre tout le monde genre 46 boss et comme ça ça fait des vies parallèles et BAM c'est le chef-d'œuvre mdrrrr allez salut Marc Lévy retourne dans ton T2 à New York faire des claquettes à Broadway !!!!!

Comme j'ai pas la force mentale de placer un slam pour 46 babtous et que y a une p'tite partie de Mortal Kombat qui m'attend je vais te faire deux boss Alcibiade et Coriolan et tu vas pas venir rager OK FDP ????!!!! RAGE PAS J'AI DIT lol !!! ça se trouve tu rageais même pas mais je peux pas savoir boloss c'est un livre tavu !!! donc Alcibiade c'était un queutard chaud des JO mais sauf qu'il a pas respecté le beau jeu il a trahi la patrie EH TOCARD c'est pas parce que t'es sponso par Nike qu'il faut prendre le boulard et partir dans le turfu !!!! et comme il a plus de respect pour personne il bouyave la gow du roi Agis posément et au début c'était un gros tyran il laissait rien passer mais comme il mindtrick de dingo vu que c'est un boss il fait genre « les tyrans ??? nope c'est les autres mdrrr !!!! » et tout le monde dit « ah ouais javou !!!! » donc gros big up à lui !!!! et comment il crève ?? ben il a trop bouyave donc y a une zouz qui le crame dans sa cahute ptdrrr !!!! p'têtre c'est une métaphore du feu qu'il avait au cul on sait pas !!!

Coriolan c'est un autre délire genre c'est le double tigen d'Alcibiade !!! c'est pas du tout un rageux il a des fat couilles de titane et genre il pète à table ça c'est pas posé la vérité !!! et clairement il donnait ni aux Pièces Jaunes ni aux Restos du Cœur parce qu'il disait « eh les pauvres ???? vous puez grave donc ça serait bien que vous dégagiez du ter ter histoire de nous laisser oklm entre richous ok ??? merci lol » et du coup comme il devient rageux de ouf il finit comme Alcibiade à vouloir défoncer Rome « je vais me venger les fdp !!!! allez gros sitting !!!! on lâche rine !!!! » et c'est sa zouz et sa reum qui viennent lui mettent la fessée « t'arrête d'être con maintenant Corio et tu rentres manger ta soupe !!!! » donc voilà en gros c'était le tome des boss rageux et ça fait toujours du bien des fdp comme ça pour s'enjailler !!!! c'est le miroir miroir de la balayette c'est le Bus Magique qui voyage dans le temps et les Frères Bogdanov qui mettent le feu c'est les Vies Parallèles.

Pour aller plus loin

- Plutarque, *Vies*, Texte établi et traduit par R. Flacelière et E. Chambry (avec le concours de M. Juneaux pour les tomes I et II), Les Belles Lettres, CUF, Paris, 1999, y a que trois tomes ça se fait bien !!
- Ruais (Evrard), *Étude du bon délire,* La Sulfureuse, Paris, 2013, 856 p.
- Correia (Enzo), *Vidas Paralelas : vidas que nunca se cruzam ?*, Editores associados Quimper no exílio, Jaboatão dos Guararapes, 1455, 1107 p.

Satires, Juvénal

Juvénal la Rome antique ça lui gâche tellement l'existence il dit « mais comment vous voulez pas rager quand y a que des fdp partout qui twerkent genre no pression balek !!!!! c'est pas possible la vérité !!!! » pour lui Rome c'est la grosse partouze des mauvais délires y a que des rataï qui s'ambiancent genre les empereurs pétés par le caramel ou les toucheurs de zob pas complexés pour un sesterce !!!!! alors Juvénou il met son p'tit cosplay de super scudeur et il se lance dans la tatane textuelle en 16 satires eh ouais tonton à l'époque t'avais pas juste un babtou qui te clashait dans une vidz Youtube à 3000 vues c'était la totale qu'on te sortait c'était la belle époque du scud enjoliveur !!!!

D'abord il scude les hypocrites genre ceux qui tortillent du troudbal pour leurs opinions eh zamel si t'as quelque chose à dire tu le dis en face va pas faire nanani à tous les rageux du ter ter !!!! sinon ça va partir en mode David Lopez clash de gitans on va venir te trouver et on va faire la castagne !!!! mais bien sûr à force de sucer les teubs de toute la zone tu vas bien finir par kiffer au sommet t'en fais pas magueule au jugement dernière on va savoir qui c'est les vrais et à mon avis t'en feras pas partie alors garde bien la pêche !!!!

Après les gow elles prennent bien cher dans leurs p'tites seufs aussi mdrrr Juvénal il dit « t'es sûr tu veux pas dormir avec tes frères plutôt ??? au moins ils te casseront pas les couilles à te tirer la couette pour que tu te réveilles avec une vieille pneumonie et aussi ça va pas te racketter pour un pschitt de Lolita Lempica !!!! » et ça c'est pas le pire si même t'arrives à t'enjailler sur le délire de couette t'es sûr elles vont aller se la mettre bien avec tous les srabs du coin et t'auras tellement une chance de cocu tu pourras finir Mario Bros 2 les yeux fermés !!!! et si ça suffit pas elles vont te faire ingurgiter une potion létale et tu pourras bien goleri dans ta tombe !!

Après y a un double combo des richous et des poseurs de la littérature t'es sûr que jamais ils t'aideront c'est des grosses pinces ils reconnaissent aucun frère même pas ils te paieraient un peu de Champomy pour après ton one man show et aussi il dit aux poètes qu'il faudrait p'têtre voir à arrêter un peu de se la couler posey dans des jardins enchanteurs quand à côté c'est le gros dawa et qu'on se tatane la tronche avec toute l'Occidentanie !!!! et les richous eux ils se mettent bien avec de la grosse luxure en mocassins mais à côté quand faut filer un p'tit dinero pour les Carambars de l'esclave y a plus personne donc un peu de demi-mesure ça ferait pas de mal à votre respect svp merci lool !!!!

En gros son époque c'est la misère la plus totale y a rien qu'est bien il crache sur tout ce qui passe et pourquoi il est rageux ???? ben parce que c'est la flip absolue partout !!!! normal tu vas pas te faire des barbeuc si p'tête dans deux secondes on te pose une bombe sur le coin de la ganache faut pas goleri avec ça bogoss !!!!! en plus les princesses elles font les biatchs et même les babys c'est des tyrans en puissance ça fait pas plaisir ça !!!! donc voilà c'est le scud atomique en scred derrière un masque de grenouille c'est tous pourri sauf moi et le pessimisme rageur c'est quand tu te prends une carapace bleue sur la ligne d'arrivée à Mario Kart c'est les Satires.

Pour aller plus loin

– Juvénal, *Satires*, Texte établi et traduit par P. de Labriolle et F, Villeneuve, Les Belles Lettres, CUF, Paris, 1921-1996, 224 p.
– Denis (Eugène), *Clasher dans l'atrium,* T.M.T.C, Ivry-sur-Seine, 1813, 315 p.
– Rocha (Beatrice), *Vendo cortador de carne controle técnico ok,* Só Deus pode me julgar, Imperatriz, 961, 530 p.
– Bond (Francesca), *Quentin The Bright and the sausage patty,* University Press of Quimper, Sheepscombe, 1827, 785 p.

Vie des douze Césars, Suétone

Vie des douze Césars j'étais chaud moi je croyais ça aurait été genre l'attaque des clones Star Wars VIIIII Michael Bay et Dark Vador qui dit « tu quoque mi fili !!!!!! » en traduction ça veut dire « je suis ton père fdp !!!!! » mdrrr mais comme d'hab avec les antiquitos c'est que de la feinte que de la panenka littéraire les bails sur la couverture faut jamais les croire c'est pas comme le Port-Salut c'est pas marqué dessus !!!! donc zéro consanguinité dans ces p'tites histoires de boss magueule que de la déclinaison de darons en mode The Expendables Bruce Willis qui met un heaume !!!!

Après c'est comme en CP c'est deux par deux pour aller à la piscine et on se tient par la main pour traverser la route EH NÉRON TU CROIS JE T'AI PAS VU PETIT CHENAPAN !!!!! loool big up à Madame Brossart qui nous clashait bien si on respectait pas son délire professoral !!!! après les bails c'est juste tu te tapes les p'tits univers de genre César Caligula Tibère Luigi Jamy de Fred et Jamy Astroboy enfin tous les gars qui se posent là dans le game alors aussi dans le même temps y a toutes les histoires pas sexy genre à quelle heure César il allait poser sa pêche et tout mais bon on est tous des babtous fragiles hein toi même tu le sais !!!!! comme je veux pas non plus trop vous baratiner les seufs j'ai fait un truc bipartite lol avec les pouces verts des lifes et les pouces rouges comme ça c'est izi à piger !!!

Alors on va se faire plaisir d'entrée avec César donc clairement lui il plaçait tous ses big up à l'armée et tous les keums qui l'ambiançaient pas il leur enchaînait des scuds enflammés aux tisons des geoles !!!! les pouces verts de sa life : il avait toutes les zouz dans son pieu donc ça fait plaisir il a tatane la terre entière il mettait bien ses soldats avec des merguez party et il était bien tigen et le pouce rouge : il s'est fait poignardé par ses fils lol alors après Auguste lui il était avec trois autres darons pour régner le triumvirat des rageux ça s'appelait donc les pouces verts de sa life : c'est un ninja il esquive toutes les grenades lacrymo il pose le luxe à Rome il fait des feintes républicaines il kiffe le faste et surtout le Faste and Furious ptdrrrr !!!!! et les pouces rouges : il a défonce le keum à Cléopatre il se choppe toutes les chtouilles du zob et il claque lépreux !!!

Deuxième duo on part tout de go sur Tibère qui se casse à Rhodes parce qu'il a pas le time pour les conneries !!!!! les pouces verts de sa life : bien posé avec ses potow il se laisse pas ambiancer par les fdp !!!! bon niveau au Risk et gros respect pour Christiane Taubira et les pouces rouges : défonce tous ses soss pour le plaiz butte tout le monde en fait lol et en mode Najat il met un taquet au grec tout le monde fait la teuf quand il crève :(((alors après Caligula eh ouais j'enchaine poto !!!! les pouces verts de sa life : il a claqué tout son biff dans la culture l'enjaillement touche les étoiles et les pouces rouges : il butte aussi tous les sheguey du ter ter eh faut arrêter la boucherie svp !!!! neuf chapitres pour ça on sent le mauvais délire effleurer nos narines d'un doux fumet ptdrrr !!!!

Troisième duo Claude et Néron le mec au blaze de pécore et le gars au tarin ondulé ça promet l'enjaillement !!!! alors Claudio Schiffer on attaque tout de go les pouces verts de sa life : grosse modération sur la boisson c'est bien il a pigé les spots de france 2 beaucoup de kiff pour les règlements et les pouces rouges : se fait serrer les bouliches par ses zouz gros lâche qui finit par buter tout le monde comme les autres fdp et il est un peu gogole aussi mdrr !!!! alors Néron les pouces verts de sa life : il fait se tataner les joibours dans des petites joutes à l'épée il met des taquets au caramel des mafieux et donne de la maille aux types des one man show et les pouces rouges : gros jaloux qui fait péter les statues des autres boss du ter ter du genre à se toucher la nouille en public no limit de la pudeur bute ses zouz aussi normal et il finit seul tout comme un glandu !!!!!

J'espère tonton que ça t'a bien montré comment le pouvoir ça te fait devenir pété de la cervelle et que même si au départ t'es chaud de la sapiens et de faire kiffer le peuple au cirque ou avec des sons de Pitbull et J-Lo ça finit toujours en tatane totale !!!! c'est les Power Rangers tueurs en série c'est Dodrio qui balance l'attaque reflet et tu peux jamais l'attaquer et ça donne la rage sur ta Gameboy c'est les boss sur ta table de dissection c'est la Vie des douze Césars.

Pour aller plus loin

– SUÉTONE, *Vies des douze Césars,* Texte établi et traduit par H. Ailloud, Les Belles Lettres, CUF, Paris, Pareil là trois tomes oklm, 1931-2010.

– LANGLAIS (Fanette), *Retrouver votre poids idéal en moins de 30 jours,* Les Éditions de la Coularde, Saint-Malo, 1046, 311 p.

– PEREIRA (Yasmin), *Doze croutons para uma salada,* Edições Balek, Belém, -33, 1029 p.

L'Âne d'or, Apulée

L'âne d'or comme ça tu te dis que ça risque d'être une histoire avec des petits animaux chanmé qui brillent dans le noir quand t'es dans ton lit mais je t'arrête direct en anglais ça s'appelle « golden ass » alors « bonjour et ptdr !!!!!!! » donc c'est Lucius un p'tit babtou qui se balade pépouze avec une lettre de sa mère-grand dans son baluche à l'intention de son vieux soss Milon mais tout le monde l'appelle Milou mdrrrrr !!! il trace il trace et bim un jour il déboule chez Milon et sa gow une vieille sorcière bien cheloue du nom de Pamphile sale histoire et heureusement y a Photis la petite servante qui vient s'enjailler nuitamment avec le gars Lucius donc au début il se dit « la vie de moi c'est pas mal ici je vais rester un peu histoire de tenter le triple lutz bestial avec ma zouz !!! » sauf que Lulu il est curieux comme un fdp de reporter au petit vingtième son délire c'est d'écouter aux portes et de se mêler de toutes les conversations sans aucune forme de pression « salut vous parlez de quoi les cons ??? » alors forcément à force de foutre son pif dans le bizness pas net des sorcières chtouillées comme Pamphile il lui arrive des crasses à ce pauvre Lucius !!!

Déjà entre deux parties de twister sexuel Photis elle bave que la sorcière Pamphile se transforme la nuit en hibou badass pour niquer des minots genre les One Direction mais t'inquiète c'est légal !!! Lulu il est chaud du reportage d'investigation ça lui chatouille le Pullitzer et il demande à Photis de voir la p'tite transmutation donc ils vont se planquer dans un carton comme Solid Snake et là Lulu il voit Karaba se margariner la ganache les boobs le uk la schneck même les veuch avec une sorte de crème bien pétée qu'elle sort de derrière les fagots ou alors c'est qu'elle a commandé ça sur internet je vois que ça !!!! TRUC DE OUF Pamphile elle se transforme en vrai hibou qui fait hou-hou et elle s'arrache pour bz dans la nuit sans lune !!! après Lulu il est team Morandini donc il veut lui aussi tester la petite potion et AAAAAAAAAA il se fait transmuter les seufs et tout de go il devient un vieux bourricot pété qui fait hihan mais sa caboche a pas bougé d'un iota !!!! il a pas le temps de chialer Photis elle planque l'âne dans l'étable et elle va se coucher pépouze SAUF QUE aye caramba !!! y a des voleurs chipeurs qui déboulent pour tout rafler dans la villa de Milon et comme ils ont pas de race ils péta la mule sauf que c'est LUCIUS ouh lou lou le quiproquo de dingo je sens qu'on va avoir de sacrées aventures tonton !!!

Donc l'âne Lulu contraint et forcé il zone avec des bad boys dans des cavernes isolées et il voit la société des hommes et c'est chaud comment c'est pas net : ces gros FDP ils tisent comme des boss ils baisent des gow éplorées qu'ont rien demandé et ils rançonnent tout le monde c'est leur délire criminel et l'âne bâté bah il fait hi han et puis c'est tout quoi mdrrrr aussi au milieu de cette avalanche de vices t'as une vieille servante toute ridée qui narre une petite narrade enchâssée qui prend bien DEUX LIVRES entiers des amours de Psyché et Cupidon tout ça pour que la petite gow Natacha Kamputch elle arrête de faire ouin ouin parce que ça résonne dans la caverne de la rose d'or mdrrrr !!! après s'être tapé l'intégralité de cette petite fanfic bien casse couille l'âne il en peut plus il tabasse la vieille servante il dit « hi han vieux cul !!! » et il s'arrache comme un bourricot dingo LIBÉRÉÉÉÉÉÉÉ DÉLIVRÉÉÉÉÉ !!!

Là il est vendu à un meunier mais Lucius il a capté que la zouz du meunier baise son meilleur pote en scred donc c'est mauvais délire l'âne balance tout au meunier (grosses barres quand il mime la scène de baise avec ses sabots) il se prend un coup de pied au cul doré (parce que golden ass mdrrrrrr) et il déboule dans une villa de boss avec plein de caramel et de bouffe sur la table basse des chips des knacki balls du guacamole alors Lulu l'emule il dit « hamdoullah c'est ça qu'il me faut c'est la good life !!! » sauf que son nouveau maître il voit Lucius l'asinus s'enjailler de la sorte et il dit « ma parole un âne enjailleur !!!! quelle est cette sorcellerie !!! » puis après il réfléchit le maître parce que c'est un businessman bien stylé alors il se dit « ça se trouve y a des meufs qui vont vouloir niquer mon âne ??? faut essayer !!! » donc là t'as quand même Lulu monté comme un mulet avec une teub d'un mètre qui va tractopeller le temple de Vénus d'une joibour au calme et elle la stuprette elle dit « oh oui oh oui je te kiffe bourricot encore la b. !!!! » Lulu il est choqué et déçu mais bon faut ce qu'il faut alors il continue le festival lubrique jusqu'au jour où il doit faire ça en public en 3D IMAX devant une plèbe de 20 000 pélos pas nets donc là l'âne il dit « hihan je me casse les cons !!! » et il saute comme Francis Cabri au-dessus de la barrière et il dit encore « LIBÉRÉÉÉÉÉÉÉ DÉLIVRÉÉÉÉÉ » mais le seul son qui sort de son gosier bourricotique c'est « hihan » le seum sérieux.

Il Thrace il Thrace et hop un jour il tombe sur la mer le truc classique là on sait pas si c'est le coucher de soleil trop stylé ou quoi mais Lucius il craque son slipo il chiale comme un pélo et il lâche la purée à Isis la déesse aux mille boobs il lui fait vla la prière de boss il dit qu'il en peut plus de sa condition d'âne bâté et là la déesse elle se pose au-dessus de la mer comme Iron Man et elle dit « ok. » puis elle lui file un p'tit protip tout con : pour redevenir un humain faut bouffer des roses !!! donc Lulu ni une ni deux il s'enjaille chez Interflora pendant une technoparade isiaque ils passent Kool & the Gang il croque dans le pistil salvateur et BIM détransmutation !!! après ce petit happy end bien posé Lucius retourne à Rome où il ouvre un camion à pizza parce que ça fait toujours plaisir et il fait des pyjamas party avec ses soss néoplatoniciens illuminati qui lui ont montré que le monde était gouverné par des reptiliens pas cool c'est Milon Tintin et les picaresques c'est la philosophie zoophilie c'est ruades ceintures noires 7e d'âne et Thug Life en jupettes c'est Bloody Roar à la ferme c'est L'Âne d'or.

Pour aller plus loin

– APULÉE, *Les Métamorphoses ou l'Âne d'or,* Texte établi par D. S. Robertson et traduit par P. Valette, Les Belles Lettres, CUF, Paris, 1940-2013, 576 p.

– TUTUTE-LÉRAGEU (Phillipa), *The Rhetorical Structure of Golden Ass (mdrrrr),* Golygone, Charleville-Mézières, 1652, 804 p.

– CONNOLLY (Bethany), *Dat ass is golden,* Tiller, Plenmeller, 1981, 1024 p.

Pensées pour moi-même, Marc Aurèle

Les pensées pour magueule c'est du coaching de vie des posters de motivation avec des dauphins chanmés ou des aigles badass qui viennent te picorer la teub comme un vulgaire lombric tout cheum et là t'as une phrase qui bastonne de la méditation transcendantale « la vérité est ailleurs tou douuuuu douuu douuuuu douuuuuuu douuuuuuuuuuuuuu » enfin tu vois le délire du bonhomme mais pour que ça buzze de dingo il faut un people pour présenter bah là ils se font pas ièche ils ont direct tapé le king de l'empire romain himself Marc Aurèle tonton que des p'tits baltringues ont renommé Marc Aurèle San rapport au rappeur normand big up le calva et le circuit meuh-meuh en 200CC !!!!!!!!!! ! Marc Aurèle San c'est un BG de l'intellect il est conscient que tout ça c'est de la grosse demer il sait que la vie ça vaut que dalle et que tu pèses rien sur ta balance et tout donc il développe des thèmes de stoïcisme pépouze aka la « balekologie » c'est simple en fait tu t'en bats les couilles de tout.

Démonstration par Marc Aurèle San :

Centurion Zamel : « eh mais il fait froid sa mère dans les contrées du Nord du beau danube bleu !!!!! »

Marc Aurèle San : « balek. »

Décurion du bled : « eh mais la vérité les gens ici c'est des FDP !!!!!!!!! »

Marc Aurèle San : « balek. »

Soss A : « Marco téma ce barbare zéhef il t'a péta ta pizza impériale sans pression !!!! faut contre-attaquer !!! »

Marc Aurèle San : « balek. »

Soss A : « ah non c'est bon il revient ouf on a eu chaud Milou !!!!!!!!! »

Marc Aurèle San : « balek. »

Soss A : « oh putain dégueulasse il a bégère dans ta pizza Marco !!!!!!!!!! c'est chaud là !! »

Marc Aurèle San : « balek. »

Soss A : « mais tu vas quand même pas la bouffer ????!! »

Marc Aurèle San : ¯_(ツ)_/¯

À la fin tu sens qu'il a tapé le niveau ultime du game de balekologie vu qu'il a appelé son p'tit fiston « commode » mdrrrrrrrrr et pourquoi pas l'appeler comme une étagère pourrie IKÉA où il faut 3 langues pour prononcer correctement « DFHIUGÅÅHFZUFHÅØ » ????? mais ce qu'on retiendra surtout c'est le kiff impérial « l'époché » c'est pour mettre le monde entier entre parenthèses sisi c'est de la bonne ta weed Marco fais nétour !!!!!!! c'est les maximes de vie qui apprennent à mourir c'est les fortune cookies et la vérité transcendantale c'est Digimon rap game et épochèmon c'est les Pensées pour moi-même.

Pour aller plus loin

– MARC AURÈLE, *Écrits pour lui-même,* Texte établi et traduit par P. Hadot, avec la collaboration de C. Luna, Les Belles Lettres, CUF, Paris, 1998-2002, 94 p.

– LAFRENIERE (Arridano), *Nokia 3310 : l'impossible selfie,* Les Éidophores, Bourges, 1938, 1033 p.

– FINCH (Ellie), *My son's name is convenient (looool),* Starship Velociraptors, Middlewood Green, 1403, 303 p.

L'Apologétique, Tertullien

Tertullien vla le petit rageux mystique qui déballe son Powerpoint de la chrétienté pour te coller des balayettes de la foi sur les idées reçues de Jésus !!!! ça bastonne des slides à 180 sur le périph' ambiance wheelie mental c'est le super exposé en 826 parties toi t'écrases sur ta chaise parce que ton petit Actimel matinal il est loin que le grec de midi aussi mais pas le choix faut y aller.

Faut savoir que les chrétiens de l'ancien temps c'était pas comme maintenant les Pablo Escobar de la papauté dans des Hummer avec jacuzzi et fontaine de moulah intégrée dans les accoudoirs !!!! à l'époque c'était plutôt des tigens boloss perchés de ouf qui se faisaient péta par tout l'empire romain c'était chaud pour leur petite gueule !!! et comme on accuse les chrétiens d'être des fdp sans race devant le tribunal international de la religion alors Tertu génial il passe en mode super Végéta il a les cheveux tout jaune il touche plus par terre et il se transforme en Phoenix Wright de Jésus il va zlataner tout le monde « je vais vous prouver comme un boss que les chrétiens c'est pas des aliens chelous qui croquent des pépitos monothéistes !!! en garde les walouf !!!!!!!!! »

Et donc là le Croustibat de Carthage à chaque fois qu'il entend un argument contre les fans de Jésus il balance OBJECTION !!!!!!!!! et il trouve la bonne preuve donc le juge il est obligé de reconnaître qu'il a raison Tortue luth bien ouèj magueule !!!!

À la fin les accusations c'est n'imp' les romanos ils disent de la merde pour faire bien ièche style « ouais les lapins chrétiens c'est chaud comme ils sont pas comme nous ils font des cérémonies en mode Girls Gone Wild satanique et tout avec tronçonneuse rouillée et gode XXL WTF faut qu'on les bute !!! » là t'as Tertullien il marque une pause comme dans les Cordier juge & flic mais c'est pour mieux leur caler une disquette légendaire : « OBJECTION !!!!!!!! non mais vous avez tisé ou quoi les romanos ???? la vie de moi jamais on fait ça !!! t'imagines le budget gode ???? le budget tronçonneuse ???? et je te parle même pas des serpillères pour tout nettoyer le zbeul atomique de la débauche magueule !!!! vous êtes des gros jaloux polythéistes et on vous nique !!! » et bim bam boum il s'arrache de la cour de justice en mode DSK parrain du stupre il tchipe les romanos toutes les gow ont le pistil qui fait BOUM BOUM !!!

Après ce p'tit bouquin Tertullien il termine comme une rockstar dingo de Jésus tellement à fond dans le Catho Game qu'il balance toutes ses possessions terrestres tout ça pour rester total pur & chaste pour son Dieu !!! donc tout y passe ses skeuds URBAN PEACE tous ses Naruto (jusqu'au volume 180 abusé !!!!) et tous ses jeux PS4 parce que Dieu il joue sur mac vla le vieux barbu hipster joibour mdrrrrr bref Tertullien il s'emmerde pas il fout tout dans la poubelle verte (la recyclable) comme ça il a un match Tinder avec le divin mais chez les humanoïdes il est cramé bref c'est la rhétorique juridique in a box c'est la soif d'absolu qui dévore la chair c'est les katas mystiques des ascètes psychopathes c'est L'Apologétique.

Pour aller plus loin

– TERTULLIEN, *Apologétique*, Texte établi et traduit par J-P Waltzing, revu et corrigé par H. Le Bonniec, Les Belles Lettres, CUF, Paris, 1975-1990, 251 p.
– BROUSSE (Amedee), *L'Art oratoire et le chonchon,* Adrénaline(s), Nice, 1705, 487 p.
– HOWELLS (Matthew), *Splendor and misery of splendor,* Queen King Valet Books, Fulwell, 2043, 1173 p.

Le Rapt de Proserpine, Claudien

Claudien avec son blaze de puceau nucléaire tu crois que t'es tombé sur un walouf antique et c'est vrai que ce poète de cour rappait pour les puissants il faisait des pubs pour Nesquik il s'affichait avec les pires boloss bref sa streetcred elle basejumpait la Tour Eiffel mais Claudien il s'en balek total parce que sous sa toge prétexte il cache l'oeuvre qui sonne la fin du game poétique de l'antiquité latine « le rap de Proserpine » plus thug que ça tu casses ta pipe à crack comme Tupac !!!!

Comme à chaque fois chez les latinos faut que ça commence par un prologue pété à la beuh le poète il a méfu il roule sur l'A6 en direction des Enfers et il rencontre des divinités et puis hop il se pose sur une aire d'autoroute pour pisser au calme et acheter un ballisto et il en profite pour poser son slam anapestique donc le pitch du kinbou c'est chaud ça bastonne de la grosse épopée mythologique y a Cérès la déesse des céréales du Muesli des panninis et des petits buns qui a une fille Proserpine une petite meuf kawaii d'une pureté totale qui s'excite la navette à tisser h24 parce que c'est son délire jusqu'ici ok why not mais sauf qu'à côté y a Pluton un gros rageux divin de la teub il veut absolument bz Proserpine parce qu'une gow qui tisse y a pas plus sexy t'entends ??? donc sans aucune forme de pression Pluton en chien va pécho Proserpine non loin de l'Etna le volcan badass de Sicile la famille petit locus amoenus de type charmant comme un gymnase interlope propice aux rapts pétés !!! il chope la gow qui chiale il met Rire & Chansons à 130 dB histoire de plus l'entendre et vroum roule momo en direction de sa base secrète à se taper des barres en écoutant « le lâcher de salope » et un petit canular chanmé de Laurent Baffie !!!

Pendant ce temps Cérès la reum de Proserpine elle bade mais elle sait pas trop pourquoi elle a fait un rêve bien chelou mais ça se trouve c'est à cause de la raclette au GHB qu'elle s'est envoyée la veille on sait pas en gros son rêve c'est Proserpine sa fifille qui mange un Balisto tout en étant attachée à l'arrière d'une mégane tirée par 2 chevaux infernaux alors clairement Cérès elle a pas bac +45 en déduction mais bon ça la travaille jusqu'au moment où SBRAAAAAAAAA elle apprend que la mioche est enfermée par Bowser Plutonien alors là elle rage de ouf même la vieille Cybèle qui est venue pour la consoler arrive pas à contenir le torrent de zéhèferie céréalier du coup la daronne de Proserpine elle fait le tour du monde en mode Carmen san Diego pour dénicher sa cocotte mais que dalle elle trouve rien !!!! alors à un moment elle arrive sur l'Etna elle voit Vénus et Diane et Minerve les TaTU divines qui frenchkissent les codes de la bienséance sous un arrosoir géant de la technoparade mais cette petite diversion saphique elle s'en touche ça tombe bien elles aussi eh ouais Cérès ça la fait plus trop goleri donc elle décide de coller la pression à Pluton avec un gros blocus intercontinental et sublunaire sur les Panninis et finito les Granolas dans les Macflurry maintenant tu rends ma mioche ok ? l'autre FDP il dit « Pluton crever mdrrrrrrrrrr » et même Jupiter il est ok avec ça le vieux crevard qui mate tout ça depuis sa tour Bourge Khalifa de son ter-ter tout en Ferrero Rocher !!!

À la fin comme Pluton il voit qu'il a fait chialer Proserpine et que ça gâche la marchandise il a des remords donc maintenant il est tigen il a péta la schneck mais c'est ok on te dit d'ailleurs il va l'ambiancer pour un mariage bien swag de jet-setter à côté Kim Kardash c'est un goûter d'anniversaire entre 2 wagons de RER !!!! bon le bail c'est qu'on a pas la fin de ce petit délire entre divinités donc faut imaginer un happy end bien michto genre Cérès est trop heureuse elle a retrouvé sa fifille donc open-bar sur les pipas et gros come-back des panninis et Proserpine elle a une super robe qu'elle a tissée donc ça fait ultraplaisir et le gros Pluton bah achievement unlocked il va bz !!!! bien ouej bogoss !!!! c'est le composteur fou qui zone dans lc bus de nuit de la littérature bas empire c'est Où est Charlie ma Princess Peach c'est la violence des éléments et la rudesse de l'amour c'est le Rapt de Proserpine.

Pour aller plus loin

– CLAUDIEN, *Œuvres*, Texte établi et traduit par J.-L. Charlet, *Le Rapt de Proserpine,* Les Belles Lettres, CUF, Paris, 1991-2002, 257 p.

– TRUCHON (Susanne), *Bien retirer la clé USB en toute sécurité,* T.M.T.C, Clichy-sous-Bois, 850, 1163 p.

– KAUR (Niamh), *Inside Claudianus masterpiece : rapt genius,* University Press of University, Broadbottom, 3489, 566 p.

Les Dionysiaques, Nonnos de Panopolis

Annoss de Panopolis déjà ça fait bien plaisir qu'il ait arrêté le stream de Starcraft 2 sur O'Gaming parce qu'il était trop chaud patate PO-TA-TOE mdrrrr bien le genre à nous feinter ce rataï !!!!!! ouais donc il était tellement chaud du slam il s'est dit « tiens si je posais ma petite briquouze de boss en mode apologie de Dionysos ???? et puis j'vais appeler ça les dionysiaques vu que je me mets bien !!!! » et comme il fait pas les choses à moitié Nonoss il te pose 48 chants total faya en face les Zerg capitulent à la première seconde tellement c'est opé son délire !!!!!

Au début c'est genre l'histoire avant l'histoire entre Zeus et Typhon parce que Typhon il a piqué la foudre à Zeus comme un gros schlag il a cru il pouvait être le boss au dessus du boss et Zeus il était tellement occupé à bouyave tout ce qui passait qu'il a rien calculé et qu'il a dû bien ramer pour rattraper ses conneries mdrrr !!!! évidemment comme Zeus il se pose quand même là dans le game de la tatane il met la branlée à Typhon sans les mains et ensuite y a un gros bordel avec Cadmos qu'est trop un laidron toutes les gow sont dégoutées de le voir donc il doit genre prouver sa toute puissance et défoncer des dragons et des lutins malins pour s'imposer !!! chaud la vie !!!!!

Après c'est la life de Perséphone à qui tous les babtous de l'Olympe veulent caller des wads et c'était juste pour ça qu'on parlait d'elle lol vu que Zeus en fait après il voit une autre meuf à zouzer Sémélé et c'est elle la daronne de Dionysos ça fait zizir la vérité la mama !!!! mais c'est le dawa Héra elle est trop jalouse alors Zeus il cache Dionysos dans sa cuisse en mode human centipede et après Dionysos finit dans les montagnes à chasser le bison et cueillir des paquerettes et il est genre comme Sacha du Bourg-Palette il a un rival façon Régis Ampélos genre un pélos avec une ampoule tavu mdrrr les barres lumineuses !!!!! et ensemble ils se stimulent bien la puissance musculaire façon no homo !!!! et Ampélos vous savez quoi ??? il devient du vin lol allez la fin de vie de boloss garde bien la pêche en raisin ptdrrr !!!!!! et c'est pour ça Dionysos il kiffe le vin c'est pour boire son bro c'est de la belle bromance ça magueule ça transcende tout avec le jaja !!!!! pas pour rien mon soss à moi c'est ma teille de skaï le samedi soir seul-tout mdrrr !!!

Après Dionysos s'il veut être sur la montagne sacrée des babtous musclés il doit mettre la pétée aux indiens à plumes donc il y va et il se dit « ok je vais me servir de mon pote monsieur vin » et il fait boire Ampélos à tous les barbares et ils sont pétés asmeuk et il les capture et voilà IZI GAME !!!!! et après plus tard quand même Dionysos il les bute tous parce que faut pas déconner non plus lol !! mais là en Arabie y a Lycurgue genre contrôlé par Héra qui fait AMENO AMENO DIONYSOS pour lui mettre une balayette ninja et Diony est obligé de sauter dans la flotte pour rester safe et Zeus il dit « mais bordel Lycurgue t'as pas fini de me faire chier ????!!!! » et il le rend aveugle lol faut pas trop le faire chier Zeus !!!!

Bon on trace parce que sinon c'est pas fini donc à la fin Dionysos il tatane toujours les indiens sans la moindre once de pression mais il cheate aussi il peut guérir les autres et tout et Héra elle rend Dionysos total pété et là c'est le bordel dans l'armée ça va dans tous les sens lol y a Hermès qui court partout comme Usian Bolt y a Athéna Apollon tout le peuple qui s'est mis au karaté et qui lésine pas sur les taquets mdrrr mais finalement Dionysos après avoir défoncé la terre entière et même les cieux il revient en Grèce et c'est le kiff absolu !!!! il pécho même Ariane que Thésée avait oublié sur une île y a même les géants et tout et IL TRACE TOUT DROIT SUR L'OLYMPE TONTON !!! à lui les gow d'or et les banquets illimités !!!!! pépouze c'est l'Odyssée mais en pas pareil c'est le Gin fizz qui lance des lasers et Slumdog Millionaire avec les Space Marine c'est les zouz tyranniques c'est Les Dionysiaques.

Pour aller plus loin

– NONNOS DE PANOPOLIS, *Les Dionysiaques,* Sous la direction de Fr. Vian, Les Belles Lettres, CUF, Paris, 2003-2006, beaucoup trop de tomes là c'est l'apothéose du craquage ptdrr stop l'écriture svp !!!!!

– FOURCHELANGUE (Candice), *Les cités infra-terrestres,* Cordouan, Nevada, 1963, 305 p.

– GREEN (Elizabeth), *Twenty-five ironic ways to wear harem pants,* Sympathetic Necrophiliac, Culmstock, 1200, 329 p.

Les Confessions, Saint Augustin

Augustin d'Hippone le keumi il a un blaze de babtou de Neuilly-sa-reum mais c'est une illusion tonton la danseuse elle tourne vers la gauche parce que sa daronne c'est Monique-sa-mère pas neuilly mdrrrrrrrr chais pas si je suis clair et en plus il est pas du tout de Neuilly il est du bled algérien ONETWOTHREE VIVA LA NUMIDIE !!!! Augustin ce rageux de Jésus il va poser un slam tellurique featuring Dieu aka Kanye himself et il va te déballer toute sa life comme un colis suspect mais c'est chaud vu que le keumi il a pas 12 ans c'est pas une youtubeuse Marie Rodriguez olé olé lui sa routine elle a 823 ans !!!!!! donc prends-toi un grec et déplie ta tente quechua parce qu'on est là pour 6 mois !!!

Donc ça commence Gusteau il est petit comme Kirikou il fait que de la merde avec ses soldats hauts comme trois couilles à genoux il raconte comment il a bébar des poires sur un poirier du bled et qu'il s'est bien enjaillé à la poire comme un bonhomme mais le pire dans l'histoire c'est que les poires elles étaient dégueulasses et il avait même pas les crocs c'était juste le feu démoniaque dans son jogging Tacchini qui le poussait à faire ça « faut que je pèche trop grosse envie de pécher moi et mes soldats hauts comme trois couilles à genoux putain !!! » et là la révélation : « oh bah vlà le larcin trop dar qu'on va fomenter !!! on va garder la pêche mdrrrrrr !!! » donc tu vois le niveau des baby bad boy !!

Là je mets sur PAUSE parce que Gusteau il faut qu'il explique c'est quoi son délire : le mec il te ratatouille son slam autobiographique avec des bouts d'invocations à Kanye aka Dieu mais pas une fois tonton non !!!! c'est h24 !!!! tu décèdes de la salle d'attente tu deviens dingo du bonhomme Jésus tout ça à cause de son style lasagnos une couche p'tits souvenirs une couche fromage une couche invocation à Dieu une couche p'tits souvenirs une couche fromage une couche invocation à Dieu une couche p'tits souvenirs oups y a plus de râpé !!! bah OSEF envoie la couche invocation à Dieu ON PEUT TENIR 2000 ANS !!! franchement abusé la vie de moi.

Hop allez c'est reparti donc là Gusteau il est puceau il se met à zoner dans son ter-ter avec son crew puis il se casse à Carthage the place to be avec des grosses occasions de tiser il va au théâtre pour téma les gows il découvre la moulah il se met bien il apprend la rhétorique qui fait triper les zouz tout ça ça fait chialer Monique sa reum mais lui il s'en bat les couilles c'est son p'tit style de vandale donc après sa formation en rhétorique il passe le CAPES il est muté en ZEP mais il se fait chambrer par les petits de 4e donc là il a le seum et puis il veut s'arracher dans un lycée bien joibour à ROME mais la vieille daronne Monique elle joue les groupies bien malaise et elle veut le suivre dans son rêve américain mais Gusteau il veut pas de cette sale rataï indigne et résultat il la mystifie sur la plage abandonnée il lui SylvainMifoufe les seufs sur le rivage numide elle reste seule à rager au bled !!!!

Une fois à Rome après 2-3 calzones bien fat il se fait chier au taf alors il demande sa mutation à MILANO le royaume de la sapologie transcendantale et petit coin à champi pépouze des Manichéens ouais eux c'est chaud comment ils sont pétés ils voient le monde en noir et blanc comme des vieilles gameboy y a les Ninjas Noirs de la Vérité Obscure VS les Ninjas Blancs de la Foi Lumineuse bref c'est Sub-Zero VS Scorpion même tmtc que c'est Sub-Zero le plus badass fatality dans vos culs les malparleurs !!!! donc là Gusteau il se met avec les Manichéens il tombe raide love de leurs thèses monochromes néoplatoniciennes ça fait bien plaisir à tout le monde sauf à Monique sa vieille daronne increvable qui a tracé la méditerranée sur une banane gonflable tirée par un Zodiac tout ça pour ramener son fiston dans le droit chemin et la lumière de Dieu aka Kanye !!!

À Milano Gusteau rencontre un gros boss de la papauté antique Ambroise le gars avec un blaze d'un fruit casse-couilles d'Oasis et Framboise il parvient à la seule force de son esprit à le détourner de la voie du Ninja Noir de la Vérité Obscure et finalement Gusteau est chaud de la foi mais faut dire aussi que Framboisier l'évêque terminator il sait lire dans sa tête il raconte pas tout à haute voix comme un p'tit de CP alors tout le monde fait « woooooooo beau gosse votre excellence !!! »

après quand Gusteau il est tout paumé dans sa caboche il zone seul-tout et il entend un p'tit en bas d'une tour qui dit « PRENEZ ET LISEZ !!! PRENEZ ET LISEZ !!! » toi tu crois que c'est un truc chelou de la techno pas nette ou de la house allemande mais Gusteau il est tellement déter il prend un vieux 20Minutes qui traîne et hop il le lit et dans l'horoscope y a marqué « FAUT TE CONVERTIR GUSTEAU !!! SIGNÉ : DIEU AKA KANYE » donc voilà il est ok avec tout ce bordel il va se convertir en pdf chrétien Monique quand elle apprend ça elle fait un backflip et elle dit « hamdoullah !! » et elle se radine à Milano pour l'opération Conversion de son fiston chéri.

Histoire de fêter ça dignement il va à Center Parcs pour se mettre bien mais pas de bol il a mal aux ratiches grosse pression gingivale fallait pas croquer tous ces p'tits pépitos Gusteau mdrrrrrr !!!! après y a sa daronne chérie qui crève il a le seum mais il est obligé de pas chialer parce que quand t'es dans le Jésus Club tu dois trop être content que tes potes ils crèvent because la résurrection au calme le jour du jugement terminus les Walking Dead tout le monde remonte mdrrrrrr !!!!!!

À la fin il rentre au bled pour vivre une good life d'évêque d'Hippone mais tout le monde dit « Hip-Hop » en souvenir de ses années thug à base de poires et sans transition Gusteau se met à bastonner des méditations bien stylées sur l'Être le Temps la mémoire dans la peau la Bible tu vois le délire du cramé quoi et jusqu'au bout du kinbou il va continuer à poker Dieu aka Kanye comme un malpropre c'est la kiffade infinie dans la lumière divine et l'extase aux merguez c'est la conversion en .doc de l'Église et la corruption du fichier des âmes perdues c'est l'Algérie qui tut-tut-tut-tut-tut-tut-tut-tut-tuuuuuuut dans toute la Méditerranée c'est Les Confessions.

Pour aller plus loin

– AUGUSTIN (Saint), *Confessions*, Texte établi et traduit par P. de Labriolle, Les Belles Lettres, CUF, Paris, 1925-2010, 800 p. en gros.

– BALEKO (Maurizio), *Jamais sans ma poire : le fruit chez Saint-Augustin,* Le Galoisien, Angers, 1434, 668 p.

– SMART (Charlotte), *I'ma Let you finish but Beyonce has one of the best videos of all time ! - Messages from God.,* Red Wine Press, Welbeck Abbey, 1502, 188 p.

Table des matières

Ce volume,
publié aux Éditions Les Belles Lettres,
a été achevé d'imprimer
en février 2016
sur les presses
de la Nouvelle Imprimerie Laballery
58500 Clamecy

Dépôt légal : mars 2016
N° d'édition : 8246 - N° d'impression : 601407

Imprimé en France